JN311230

逃げる中高年、欲望のない若者たち

Contents

草食系と肉食系というごまかし

Sent: Saturday, July 04, 2009 5:34 PM

村上さんは最近珍しい「肉食系」ですね、女性編集者にそう言われた。肉食系と草食系というカテゴライズが流行《はや》っているのは知っていたが、そんなどうでもいいような言葉をどうでもいいような女性編集者が使ったので、その日はそのあと三時間ほど気分が悪かった。

勝ち組・負け組という言葉は流行語から脱してすでに定着して、そろそろ忘れ去られようとしている感がある。一九八〇年代、「新人類」という言葉が流行って、そのときもわたしは苛立《いらだ》った。「新人類」というのがいったいどういう人たちを指していたのかさえ、今となってははっきりしない。秋元康とか中森明夫とか泉麻人などが、確か「新人類」だった、と思う。三人ともすでに立派なおじさんで、どこにも「新」という面影はない。

あまり小難しいことを言わずあらゆることをファッションとして軽く生きる、みたいなニュアンスだったと思うが、どうしてそれが「新人類」などという大げさな表現になるのか、本当にいやな気分になった。マスメディアがそういった流行語を発見し広めるわけだが、もちろんそこには何らかの社会的利益が隠されていて、それが嫌いだったのである。

もともと新人類というのはネアンデルタール人を滅ぼしたとも言われているクロマニョン人を指す呼称だ。クロマニョン人はわたしたち人類直系の祖先だという説が有力だが、ネアンデルタール人は違う。つまりクロマニョン人はそれまでの類人猿や猿人とは違って、ホモ・サピエンスの祖先だから「新人類」と呼ばれるようになった。

前述のおじさんたちが「新人類」と呼ばれたのは、彼らにまったく別の生物学的特徴があったからというわけではない。それではなぜそんな大げさな言葉を使ったかというと、マスメディアと社会全体が「面白がって」そうしただけであり、単に面白がってそうしたということが共通認識としてあったからだ。外国人に英語で「彼はニュー・ヒューマン・スピーシーズなんですよ」というと、冗談だと思われるだろう。

＊

草食系と肉食系という区分けも、まったくどうでもいいもので、単に面白がってそう名づけただけで、あと五年もすれば必ず忘れ去られ、またどうでもいいような新しい言葉が発見されて流通することだろう。きっと日本社会においては、「どうでもいいような象徴的な表現」が常に必要とされているのだと思う。勝ち組&負け組という言葉が必要とされたのは、小泉構造改革で露わになったさまざまな格差が、勝者と敗者を浮かび上がらせたからだ。

考えてみれば、この世には「勝者」と「敗者」しかいない。勝者が集まる組も敗者が集まる組も存在しない。高い利益率を誇る企業の内部にも勝者と敗者がいる。倒産する企業でも、優秀な人材はすぐに他からヘッドハントされるので敗者にはならない。勝ち組、負け組という言葉は、そういったリアルな現実を覆い隠す。だから好まれて、流通した。あの人は勝者です、という言い方だとミもフタもないので、誰も好まない。太平洋戦争末期、戦闘に敗れての撤退を「転進」と大本営は呼んだが、それとまったく同じだ。

つまりわたしたちの社会で流行する言葉は、ある事実や状況を正確に表現するというものではなく、ミもフタもないリアルな現実を覆い隠すためにある場合が多い。肉食系・草食系という言葉は「社会・個人の欲望の退化」を結果的に隠蔽するために考案され流通したのだと思う。社会と個人の欲望は当然リンクしている。太平洋戦争が終わって、日本の主要都市が焼け野原になったとき、ほとんどの日本人はショックを受けて意気消沈していたが、人間は意気消沈していても何か食べなければ生きていけないから、異様な欲望とエネルギーが充満していて、個人はサバイバルするために合法非合法を問わず必死で金を稼いで豊かになろうとした。

欲望が生み出すそのエネルギーは高度成長をピークに国際政治と経済の流れに乗り、やがて翻弄されながら過信となりバブルに突入して、その後は冷戦後の世界の変化に対応できず、ゆっくりとした長い衰退期を迎えて現在に至っている。

現在、象徴的なのは、若者の車離れだろう。一部のハイブリッド車を除いて車が売れなくなった。特に若者が車に興味を示さなくなった。わたしが若いころ、若者雑誌のグラビアの中心はファッション、女、そして車だった。

車が売れなくなっているのは、世界的傾向なのか、日本に限ったことなのか、はっきりしたことはわからない。だが、車は、自由な移動とスピードで常に若者を魅了してきたし、ステイタスシンボルの役割も担ってきた。アメリカでは一九二〇年代にT型フォードが爆発的に普及したが、それは車が移動に便利だったからではなく、車を運転し自由に移動することが快楽だったからだという社会学者もいる。

＊

若者の車離れの原因はひとつではない。もっとも大きいのは、多くの若者が貧乏で最初から車を買うのをあきらめていてそもそも興味がない、という理由ではないだろうか。車を買うという実感もイメージもない。また、オタクと呼ばれる若者が増え、インターネットの普及もあって、「外へ出る」ことがあまり流行らなくなったことも影響している。若者の海外旅行離れも進行中らしい。わたしがインタビュアーの『カンブリア宮殿』というTV番組の若いフロアスタッフにあるとき聞いてみたのだが、彼らの八割はパスポートを持っていなかった。別に海外に行きたいと思わないし、成田空港が遠くてかったるい、と彼らは言った。

わたしは、欲望が希薄な若者たちに対して、情けないとか嘆かわしいとか可哀相だとか、そんなことは思わない。戦後の焼け跡を出発点とする欲望など長続きするわけがないし、餓えから脱したいという欲望は素朴なもので、実際に餓えから脱してしまうと消滅してしまう。だから今、欲望は退化してしまっているのだ。単にそれだけの話で、若者たちがだらしないわけでも無能なわけでもない。

じゃあどうすればいいのか。残念ながら、わたしは自動車メーカーでもディーラーでもないので、わからないし、解決策などというものには興味がない。車が売れなくなっても、とりあえずわたしは困らない。しかし、欲望の退化ということを、車を超えてさらにマクロに考えると、確かにリスクはある。たとえば、日本代表のサッカーだ。

中田英寿が引退してから、日本代表の試合を見なくなった。そういう人は周囲に多い。サッカー好きな人ほど、チャンピオンズリーグは見るが代表戦はまったく見ないというようなことを言う。代表戦を見ない理由は、つまらないからだ。サッカー特有のスリルがない。どれだけリスクを負って攻撃を仕掛けているのか、見ていてわからない。国際試合で目立って欧州リーグにスカウトされたいというひと昔前に流行った欲望もいつの間にか消えてしまっているように見える。

サッカーの欲望、つまりDesireの中には、金を稼ぎたいとかポルシェに乗りたいとかいい女が欲しいとか、いろいろあるだろうが、もっとも普遍的なのは「最高に強い連中といっしょにプレーしたい」だと思う。だがそんな欲望を代表戦のゲームから感じることはない。肉食系・草食系というカテゴライズは、欲望の退化という本質から眼を逸らし、あらゆる事象を趣味的に語るときに便利だ。これから何をすればいいのかわからない、という社会・個人にとって、とても使い心地のいい言葉なのである。

無関心とバカと無知

Sent: Monday, August 10, 2009 11:45 AM

この原稿が活字になるころには、民主党を中心とした新政権が生まれていることだろう。しかし、それにしても若者たちの政治への関心の低さはどういうことなのだろうか。わたしの周囲の若者たち、つまり若い編集者やTVの制作スタッフなどは普段まったく政治の話をしないし、ほとんど政治的知識がない。全共闘も知らないし、キューバ革命も知らないし、アル・カイーダやタリバンについての情報もない。つまり政治というものの実体に関してまるっきり興味がなく、知ろうという気もない。

たまに政治に興味がある若者を、大学の弁論部やNGOなどで見かけることがあるが、たいてい目立ちたがりのおせっかいな人物で好きになれない。政治的に、自分は何事かを成すことができると思っている若者は、よほど自信があるか、バカか、どちらかだが、日本社会では、たとえば坂本龍馬に憧れるというような、バカか、バカの割合が多いように思う。だから、問題は単純ではない。政治的に無関心な層が、関心が高い層よりもバカだというわけではないからだ。

政治というのは、理想に燃えた若者が体制を転換するために自己犠牲を払う、というようなロマンチックなものではない。もっともロマンチックな政治家・革命家は、間違いなくチェ・ゲバラだと思う。アルゼンチンに生まれ育ちながらキューバ革命に参加し、フィデル・カストロとともに革命を成功させ、ボリビアのジャングルでCIAに殺されるというそのドラマチックな生涯に憧れる人も多い。

監督S・ソダーバーグ、製作&主演ベニチオ・デル・トロの映画『チェ』（ゲバラ二部作）は、ロマンチシズムを排し、素っ気ないほど事実に忠実に作られていて、わたしは感動した。映画は、一部でメキシコでの革命準備から革命成就までと革命直後のNY国連本部におけるチェ・ゲバラの演説を重ね合わせ、二部でボリビアでの挫折と処刑が描かれるが、非常に印象深いシーンがある。カストロ率いる革命軍がしだいに勝利を重ね、いよいよ首都ハバナに進軍するため大攻勢をかけるというときに、国内の反体制勢力をまとめる役目がゲバラに与えられるのだ。

＊

当時のキューバは、アメリカを中心とした海外資本家の傀儡であるバチスタという独裁者がいて、軍と警察と司法を完全に掌握し、大多数の農民や労働者は貧しさに喘いでいた。そして、反バチスタの勢力は、武装闘争だけが独裁政治を倒すという主張を持つカストロ軍だけではなかった。カストロはキューバ東部のシェラ・マエストラという山中にアジトを置き、ゲリラ戦争を展開していたが、他の都市部にはより穏健な知識階級の反体制派がいた。武装闘争ではなく、ゼネストで独裁政権を崩壊させようとするグループがいくつもあったのだ。

彼らはハバナや他の都市で実際にゼネストを決行するが、バチスタの軍・警察に徹底的に弾圧され、その多くが虐殺される。武装闘争に対し疑問を抱く穏健派も、しだいに武器の重要性を認めるようになるのだが、それでも、彼らを説得して武装革命に参加させるのは簡単ではなかった。カストロはその困難な役目をゲバラに依頼する。医師でもあったゲバラは確かに知性と教養があり、弁舌にも長けて、しかも優秀な戦略家・戦闘員でもあったが、それでも、違う考え方、微妙に違う利害を代表する複数のグループを説得するのが簡単であるわけがない。

都市部のインテリとは医師や教師、それにエンジニアや芸術家などで、革命後の新政権への関与やバチスタ勢力の幹部・協力者の処遇について、地方の小作農や下層労働者を支持母体とするカストロ軍とは意見の対立があった。新政権の重要閣僚やポストに誰を充《あ》てるのか、アメリカ他の外国企業・資本をどうするのか、バチスタの協力者は全員裁判にかけるのか、そういった諸問題について、ゲバラは他のグループのリーダーを辛抱強く説得した。

こういった説得は、力による圧迫と、希望と利益の提示の両方を織り交ぜながら、絶対に妥協できないポイントを把握して、最大の成果を上げなければならない。力関係では、武力で勝るカストロ軍が圧倒的に有利だが、脅して屈服させても信頼は得られないので、将来的に敵を作るリスクが残る。とにかく長い長い交渉が必要なのだ。交渉と説得にかける長い時間と忍耐力だけが非妥協的な信頼を生む。

ゲバラといえば、シェラ・マエストラ山中での数々の戦闘と、バチスタの援軍を乗せた列車を爆破させたサンタ・クララの闘いが有名だが、他の反体制グループとの大連合を実現させたことも彼の大きな功績なのだ。ゲバラがやったことは、結局は、革命後の資源再配分をどうするか、という問題に決着をつけることだった。革命政権は当然国家予算を掌握する。その資源をどう配分するか、それがもっとも重要な問題となる。アメリカ他の海外資本を凍結し企業を国営化すれば、アメリカは反革命勢力を支援するので、軍を充実させなければならない。

アメリカ他の資本・企業をそれまで通り優遇すれば反革命のリスクは減るが、カストロ軍のもっとも大きな支持基盤である貧しい農民や労働者が離れていくかも知れない。革命後奪った資源を誰にどう配分するか、まさにそれが政治的問題なのだ。外交を別にすれば、政治家の仕事は、資源の再配分に尽きる。国家資源と税金をどう配分するか、ということだが、日本ではそういった感覚があまりない。

＊

つまり政治家の仕事を理解している若者は少ない。政治家の仕事を理解している大人が少ないからだろうと思う。政治家は国会で法律を作ることもあるが、ほとんどの法律には国家予算と国民各層の利害が絡んでいる。たとえば悪名高い後期高齢者の医療制度は、七五歳以上の高齢者用の医療予算を減らして、他に振り分けるためのものだ。消費税を上げるためにも法律改正が必要になるし、高速道路料金を無料にするためにも法律を変えなければならない。

　現在、日本の国家財政は、破綻しそうなほど悪化している。借金の山で、使える金が限られている。つまり、どこかに予算を振り分ければ、他には回せない。

　そんな状況で政治家を目指す人の動機がわたしにはわからない。予算をどう使おうと、すべての層に利益をもたらすのは無理なので、必ず誰かから恨まれるのだ。小泉元首相が主導した構造改革というのは、公的資金を導入して銀行の不良債権を処理し、公共事業と社会保障費を減らすというものだった。

　金融界は結局のところ救われ、財界は助けられたが、地方の土建業者は困窮することになった。江戸時代だったら、小泉・竹中のコンビは刺客に殺されていたかも知れない。現代の政治家は、予算に縛られているのですべての人をハッピーにするような政策など実現できない。どんな政策でも必ず誰かが損をする。そんな時代に、政治家になろうとか、政治に関心があるという人はどこかおかしい。

だから大学の弁論部とかＮＧＯとかで政治に関わっている若者は、どちらかと言えばバカが多いのだろう。

政治に関心がないという若者は、どちらかと言えば普通なのだと思う。すべての人をハッピーにできた高度成長期の再配分の記憶が大人たちに染みついていて、それが若者にもそのまま受け継がれている気がする。若者は、単に無知なのではない。大人の無知を受け継いでいるだけなのだ。

サイゼリヤの誘惑

Sent: Wednesday, September 09, 2009 12:41 AM

日本では当たり前のことだが、でも外国人に説明するのがむずかしいというようなことが、かなりある。たとえば、救急搬送される妊婦に対する病院の受け入れ不能という事態だが、昨年、キューバのオルケスタのコンサートで、そんな話になったときに、「どうしてこんな裕福な国でそんなことが起こるのか、まったくわからない」とキューバ人に言われて、返答に困った。赤ん坊というのはどの国にとってももっとも大切な存在だから妊婦の命は何が何でも守られなければならないと思うのだが、いったいどうしてそんな事態になったのか、とキューバ人は最後まで理解できないようだった。

少子化で子どもや若者の数が減っているのに、どうして就職できない若者が大勢存在するのか、という問いも、説明がむずかしい。二〇歳になっても、三〇歳になっても、家からほとんど出ない社会的引きこもりという人々がいる、という事実もそうだ。海外のメディアのインタビューを受けて、困る質問の典型は、「どうして日本人は無理をして死ぬまで働くのですか、どうして過労死という奇妙なことが起こるのですか」と「家族のために働くのが常識なのにどうして単身赴任という制度があるのですか」だった。

両方とも答えるのが非常にむずかしい。他にもいろいろある。なぜ中高年の自殺者がこれほど多いのか、少子化で労働力が足りないといいながらどうして保育所が足りないのを放置しているのか、などだ。そばや寿司など、非常にユニークでおいしくてヘルシーだと言われる独自の食文化があるのにどうして街々に焼きたてのパン屋とイタリアンがあるのか、という質問も、以前は海外のサッカージャーナリストなどからよく聞かれた。

だが最近、イタリアンは世界的なトレンドになっている。W杯で〇六年に一カ月滞在したフランクフルトにもたくさんのイタリアンレストランがあって、全部ひどい味だった。だから日本の地方都市にまずいイタリアンレストランがあるのも、ごく当たり前のことになった感がある。

＊

しかし、最近わたしはびっくりした。「サイゼリヤ」というファミレスである。ファミレスにはほとんど行かなくなったが、『カンブリア宮殿』というわたしがインタビュアーをつとめるテレビ番組のゲストに「サイゼリヤ」の会長が出演することになって、取材がてらに食べに行ったのだった。何がびっくりしたかと言って、その安さとおいしさだ。

平日のランチ時に行った。住宅街の近くにある店だったので、じいさんばあさんの群れ、外回りの営業マン、授業をサボったと思われる高校生、そして幼稚園児を連れた一〇名ほどのママの群れ、ヒマを持て余している風な若いカップルなどでほぼ七割のテーブルが埋まっていた。まずその値段の安さにびっくりする。前菜でオーダーしたパルマ産の生ハムは、大判二枚とパンが付いて三九九円、こぶりのモッツァアレラチーズ三個&トマトが二九九円、ハウスワインのグラス売りは一〇〇円だった。

もっと驚いたのは、パルマ産の生ハムが紛れもない本物だったことだ。中田英寿が現役でパルマに所属していたころ、わたしは何度も彼《か》の地を訪れ、ミラノやピアチェンツァやボローニャなどを含めて、かなりの量の生ハムを食べたが、サイゼリヤは、本場にまったく劣らない味だったのだ。ほとんど同じランクの同じ大きさの生ハムが数枚入った真空パックを成城石井や紀ノ国屋で売っているが、二〇〇〇円近くする。

サイゼリヤの生ハムは真空パックのものより安くておいしい。『カンブリア宮殿』に出演した会長にそのことを聞いてみると、ブロックで輸入してスライサーでカットしているらしい。でも、生ハムはあまり注文がないのだと言っていた。

モッツァレラチーズもまさしくバッファローの新鮮な本物で、本場イタリアの、たとえば高速道路のドライブインのものよりは品質がはるかに上だった。何でこんなにハイレベルの食材がファミレスにあるんだ、とつぶやきながら、わたしは満足してハムとチーズを味わった。

ワインも本物で、フィレンツェで飲むキャンティのテイストが維持されていた。ミラノ風ドリアは二九九円（ただしミラノでドリアは一般的ではない）、パルマ風スパゲッティ（トマト味）は三九九円（ただしスパゲティ・ポモドーロはパルマ名物ではない）、サラミとパンチェッタのピザが三九九円で、全部味は確かだった。特に、ピザと、スパゲティ・ポモドーロは、本場イタリアでも通用するような「本物」の味と茹で具合で、本当にびっくりした。

そういえば、〇二年のW杯で来日したイタリア人サッカー記者たちが毎晩サイゼリヤに通っているという噂があった。こんなに安くてちゃんとしたパスタやピザはイタリアにもないと彼らは言っていたらしい。やがてイタリア人だけではなく、ヨーロッパのサッカー記者たちは大挙してサイゼリヤに通うようになったそうだが、彼らは「非常に安くておいしいイタリアンのチェーン店がある」という記事を絶対に書かなかった。物価が高いという理由で本社からもらっている「日本滞在特別手当」が打ち切られてしまうからだ。

*

だいたいわたしは、都内にあるイタリアンの有名店が好きではない。出入り禁止になるので名前は書けないが、西麻布や広尾や神宮前や銀座にあるイタリアンは、あれほど高い金を取るほどの味ではない。もともとイタリアンは家庭料理なので高いレストランは現地には非常に少ない上に、フレンチ風なソースがかかっていたりしておいしいと思ったことがあまりない。

サイゼリヤは本物だった。そして、これほど安くて本物の味だったら、この大不況で苦戦を続けるファミレスチェーンの中で売り上げを伸ばし続けているのも当然だと思った。逆に言えば、このくらいの味でこれだけ安くしなければ客は来ないということだ。だが、他の客たちは、本当にそのすごい味と店の努力をわかっているのだろうかと疑問に思った。もちろん店の努力が伝わるかどうかは問題ではないのだが、どれだけのレベルのものなのかわからないまま食べている気がした。

たとえて言えば、フランスの街道沿いに、日本の街道沿いにあるかなりおいしいそば屋よりもおいしくて安いフランス人経営のそば屋があるのと同じだ。フランス人がそばを食べる可能性は低いので、うまいたとえではないかも知れないが、とにかくどこかが異様だ。たとえば、わたしの隣のテーブルでは、幼稚園児たちがピザとパスタを食べていたが、幼稚園から本場のイタリアンを食べるのは、どこか不自然ではないだろうか。彼らが成長してイタリアを訪ねても、きっと食では感動しないだろう。

現在、小売業の勝ち組は、マクドナルド、アパレルのユニクロ、靴のABCマート、家具のニトリ、ヤマダ電機など、数えるほどしかない。いずれも、品質の悪さを安さでカバーするというようなコンセプトからはとっくの昔に決別した商品を世に送り出している。ユニクロの服を着て、ＡＢＣマートで買ったスニーカーを履き、ニトリの家具のあるアパートに住んで、マクドナルドやサイゼリヤで食事し、ヤマダ電機で買った薄型テレビとパソコンで遊ぶ、そういった生活はおそらくわたしが学生だったころより数百倍快適だろう。

だが、何かが失われるような気もする。それが、失われてもいいものなのか、それとも失われるとやばいものなのか、それはまだわからない。

レゲトンとサルサ

Sent: Tuesday, October 13, 2009 1:07 AM

一一月にまたキューバからバンドを呼んでコンサートをやる。詳しくは、以下のサイトを参照して欲しい。

http://www.ryumurakami.com/rcn/

わたしがキューバの音楽とダンスに出会ったのは九一年で、最初にバンドを招聘《しょうへい》したのは九二年だから、もう二〇年近く昔のことになる。なぜ、キューバ音楽かというと、その演奏能力の高さにびっくりしたからだった。今年招聘するのはバンボレオというバンドで、タニア・パントーハという驚異の女性ボーカルを擁している。キューバでは、バンドという言葉は使わず、オルケスタと呼ぶのが一般的だ。

オルケスタとは、英語で言うとオーケストラで、管弦楽団とか、大きな編成の楽団という意味だ。バンボレオは、ピアノ、ベース、ドラムスのリズムトリオの他に、コンガ、ボーカル三人、サックス、トロンボーン、トランペットのホーンセクションがいて、総勢一二名だが、キューバのオルケスタとしてはミュージシャンの数はそれほど多くはない。シンセやバイオリンやボンゴなど他のパーカッションや、それにコーラス、ダンサーが加わって二〇名近い編成の人気オルケスタもある。

リズム楽器とホーンセクションの一糸乱れぬドライブ感がキューバン・サルサの魅力だったのだが、最近異変が起こっている。数年前から、レゲトンというプエルトリコ発のスペイン語のラップが大人気で、サルサの大御所たちが大苦戦をしているらしい。ほぼ毎年キューバに行っていたが、ここ四年ほどサボっていて、現地の実態からだいぶ離れてしまった。キューバのレゲトンは、プエルトリコなどのものとは多少違っているのだが、メンバーがDJ＋ラッパーだけで、生音を使うミュージシャンがいないという基本は変わらない。

レゲトンはキューバを席巻し、わたしがこれまで招聘したオルケスタもその手法を取り入れないと客が来ないという苦しい状況になっているらしい。それまでもラッパーはいたが、バックにはミュージシャンを従えていた。レゲトンは違う。ＤＪがリミックスした音源を流すだけだ。しかも、既成の人気オルケスタの大ヒット曲のリミックスが多くて、ひんしゅくを買っているらしい。レゲトンを巡るキューバの音楽シーンを描いた記録映画を見たが、その人気は凄まじいものだった。そして「こんなのはキューバ音楽ではない」と文句を言うある既成オルケスタのリーダーの姿が印象的だった。

＊

一九六〇年代にビートルズが来日したとき、あんなものは音楽ではないと言った著名なクラシックの日本人作曲家がいた。その作曲家は、アンプの電源を抜けば何も聞こえなくなるではないかとも言ったが、その作曲家とビートルズとどちらが「音楽」に貢献したか、どちらの曲が世界中の人に必要とされてきたか、答は明らかだと思う。音楽、とくにポピュラー音楽は変化し続けていて、その変化自体を批判しても意味がない。

わたし自身はレゲトンは好きではないが、レゲトンが好きだという人の気分は理解できる。ヒップホップにも、優れたものからどうしようもないものまでいろいろあるように、レゲトンにもいろいろあるが、わたしは音楽を「聞きたい」ほうなので、興味がない。ヒップホップが出てきたとき、この音楽が登場してくる背景は理解できるが、自分に必要なものではないと思った。

ヒップホップは、「国民的に歌われる旋律」が消滅した時代にアメリカで誕生した。五〇年代から六〇年代にかけて、おもにアメリカと西ヨーロッパで美しいメロディを持つポピュラー音楽がたくさん生まれた。たとえばデビッド・リンチの映画で有名になったボビー・ヴィントンの『ブルー・ヴェルヴェット』などがこの年代の代表曲だ。とても美しい。ビートルズが登場する前後、アメリカには、プラターズやビーチボーイズやエルヴィスという大御所がいて、映画『ドリームガールズ』のモデルとなったシュープリームスもいた。ポピュラー音楽の黄金時代で、わたしはそういう環境で育った。

ビートルズを最初に聞いたのは一一歳で、以降リアルタイムでアルバムを買っていた。ローリング・ストーンズが登場して、そのあとエリック・クラプトンやスティーヴィー・ウインウッドなどブルースを基調とするバンドや、ピンク・フロイドやドアーズなど先端的なバンドが次々に登場した。ビートルズは、名作だと言われている『サージェント・ペパーズ・ロンリー・ハーツ・クラブ・バンド』以降、あまり聞かなくなった。初期のころが圧倒的に好きだった。難解な歌詞、シンセの多用、インド志向、多重録音など音に凝りはじめてからのビートルズはどこか文学的で、辛そうで、好きではなかった。

わたしにとってのポピュラー音楽は、根っからポジティブで楽しいものだった。辛さがうかがえるようなものは聞く気がしなかった。だからセックスピストルズが登場してからはロックをまったく聞かなくなった。どうしてこんなに辛そうに音楽をやらなければならないのだろうと思った。そのころ、たぶん七〇年代中頃だったが、誰かが「ロックは死んだ」と言った。実際にジミ・ヘンドリックスやジム・モリソン、それにジャニス・ジョプリンなどが死んでしまった。

＊

ロックは終わったがビートは残ったというようなニュアンスのことを言ったのは、確か若き坂本龍一だ。名言だと思う。確かに、ビートだけは残った。ビートが終わることはない。国民的なメロディは、国民的な悲しみが国を覆っているときに必要とされる。第二次世界大戦は多くの人々にそれまでにない強烈なダメージを与えた。廃墟からの復興には、大勢の人々の心を癒す美しいメロディが必要だった。終戦直後の日本を描いた映画やテレビドラマでは必ず『リンゴの唄』という歌謡曲が流れる。『リンゴの唄』が聞こえてくるだけで時代がわかるわけだが、八〇年代以降、演歌だろうが歌謡曲だろうがポップスだろうがフォークソングだろうが、そんな歌はどこにもない。

国民的な悲しみが消えたときに、メロディも消えたのだ。メロディが失われると、ジャズも終わってしまった。イタリアのカンツォーネもフランスのシャンソンも、もちろんポルトガルのファドも、アルゼンチンやドイツのタンゴも、ブラジルのボサノバも全部「懐かしのメロディ」と化した。メロディが消滅したあとに、ビートと言葉だけの音楽が生まれるのは当然のことだった。ヒップホップは必要とされて誕生したのだと思う。だが、わたしには必要のない音楽で、興味が持てなかった。それから長い間、聞く音楽がなくて、クラシックばかり聞いていた。

そんな時代が一〇年以上続いたあとに、わたしはふいにキューバ音楽と出会ったのだった。そのときの喜びは筆舌に尽くしがたい。死んだと思っていた昔の女が、奇跡的に生き延びていて、さらに美しくなって、思い切り抱きしめてもらったような気がした。ビートは力強くて複雑で洗練されていて、メロディは切なく、歌手の歌唱力や声、それに国立芸術学校でクラシックを叩き込まれたミュージシャンの演奏能力は圧倒的だった。

そんなキューバで、ビートと言葉だけのレゲトンが音楽シーンを席巻しているのだという。ああやっぱりという思いと、これからどうなるんだろうという思いが混じり合う。だが、きっとキューバはレゲトンを「消費」して、また新しい音楽を切り開いていくのではないかと思う。複雑な政治状況を抱えるキューバでは、いまだに国民的な悲しみが消滅していないからだ。

二三歳なんて若くない

Sent: Tuesday, November 10, 2009 2:30 PM

『13歳のハローワーク』という子どものための職業図鑑の「改訂版」を作っているのだが、いろいろなことを調べていくと、今若者じゃなくて本当によかったなと思う。わたしの両親は教師だが、今教師をしていなくて本当によかったといつも言っている。知り合いの、リタイアした老医師は、今勤務医だったら死んでるかも知れないと言った。勘違いしないで欲しいが、昔のほうがいい時代だったというわけではない。

昔は、何度もこのエッセイにも書いた通りひどい時代だった。夏休みが終わると、日本脳炎で平均二人くらいが死んで、クラスの机に花が飾ってあった。

生活環境は劣悪で不潔で、夏は異様に暑く、冬は花瓶の水が凍るほど寒かった。乳児や幼児の死亡率が高く、無知や貧困や差別が色濃く残っていたし、教師は平気で生徒を殴った。ひどい時代だったが、わたしはあのころに子ども時代を、そして若者時代を過ごしてよかったと思う。

経済的に豊かになったが、今二〇代半ばだったらと思うと、どうやって生きていけばいいのか見当がつかない。だいいち、今二〇代半ばで、いったいどういう小説を書けばいいのだろうか。わたしは、ロックとファックとドラッグの世代と言われたが、それはロックもファックもドラッグも、まだあまり知られていなくて、大人たちをびっくりさせることができた証拠だ。

前回も書いたが、もはやロックは死んだし、大人たちの眉をひそめさせ、かつ認めさせてしまうようなポップ音楽がどこにあるだろうか。ファックにしても、そのあたりのごく普通の女が平気でアフリカンアメリカンの男とファックしてそれがネットで見られる時代だ。ドラッグも、薄幸な女のタレントが日蝕を見ながら覚醒剤を吸って逮捕され、それが一大劇場と化してしまう。ドラッグは単なる禁忌と好奇の対象となって完全に陳腐化した。

現代において誰も『限りなく透明に近いブルー』など書けない。もちろんわたしも書けないし、書かない。わたしは今の時代に二四歳だったら、何をして食っていこうとするだろうか。たぶん、やはり小説を書くだろうが、何を題材にすればいいのだろうか。そういえば、もう一〇年以上前、女子高生の援助交際をモチーフにした小説を書いたが、そのとき、なんで四〇代半ばのおじさんが女子高生の小説を書かなければいけないのだろうと思った。

自分が書くべきではないと思ったわけではない。どうして若い作家が、情報の優位性を武器に、風俗のトピックスについて書かないのか不思議だったのだ。女子高生の生活や生態は若者のほうが詳しいに決まっている。実際、渋谷に取材に行ったとき、女子高生に現金三万円を渡して「何でも好きなものを買いなさい」と、彼女たちの嗜好を探ろうとしたが、あれは端《はた》から見ると完全な援交だった。

社会の構造が高度成長期のままなので、若者たちは、どう生きればいいのかという基本的なことさえ、誰からも教えられることなく成長する。英語ができれば何とかなるかもとTOEICを受け、必死で資格を取ろうとして、営業職などでは外見も大事だと聞くと日焼けサロンに通ったり整形したりする。高卒では就職がむずかしいからというだけの理由で大学に行って、結局どうしようもない大学で何をどう勉強すればいいかわからず、卒業後は非正規社員になって派遣切りに遭ったりする。若者たちは、一人で生きていくための訓練をまったく受けないままどんどん歳だけ取っていく。

＊

勘違いしないで欲しいが、一人で生きていくための訓練というのは、サバイバルゲームをしたり、カヌーでアマゾンを下ったり、日本を自転車で横断することではない。一人で生きていくために必要な技術と知識とネットワークを手に入れるということだ。

何の訓練もしないまま歳だけ取っていくので、今の若者たちはとても幼く見える。わたしなんか、自慢にも何にもならないが、二〇歳のときすでに三〇に見られていた。思い出したくもない経験を経ていたので、老けていたというより、ずるがしこく、またしたたかに見えたのだ。

しかも、幼く見えるのは悪くないと、一般的にそう思われている。少子高齢化の影響もあって、いいねえ、若いねえ、と若者は大人たちから、職場や飲み屋などでおだてられることが増えている。ちなみにわたしは若いころ、若いねえ、若いっていいねえ、などと大人から言われたら、ばかやろう、ふざけるなと思うようにしていた。若いということは、残された時間が相対的に多いというだけで、あとはいいことはまったくない。金や地位がないので女はおじさんたちに奪われるし、うまい酒もメシも周りにない。

わたしは、おせっかいかも知れないが、周囲の年下の編集者に対し、二三歳なんて若くない、と率直に言うことがある。今では、二三歳だと子ども扱いされる。下手をすると、三〇代半ばになっても、女の上司から「男の子」呼ばわりされる。二三歳のときにおれは『限りなく透明に近いブルー』を書いたと、わたしは二三歳の編集者に言う。だからお前は若くも何ともない、二三歳なのに何ごともなしえていないじゃないか。

いやそれは龍さんは特別だから、と若い編集者は反論とも弁解ともつかないことを答えるが、そういうとき、こいつはダメだとわたしは思う。わたしは別に若者に説教したいわけでも、生きる知恵を授けようと思っているわけでもない。

二三歳は決して若くない、おれは二三歳のときにデビュー作を書いたと、事実を話しているだけだ。

二六歳のときに映画を監督して、二七歳で『コインロッカー・ベイビーズ』を書いた、というようなことを二七歳の編集者に言うこともあるが、自慢しているわけではない。逆に、そんなことは当たり前なので、自慢にも何にもならないと言いたいのだ。お前は人生を有利に生きたくないのかと、単にそういうことだ。

*

二四歳で仕事上の成果を上げるのは、プロスポーツ選手やアーティストでもなければ無理なのだろうか。プロスポーツ選手はリタイアが早いので、デビューや活躍の年齢が早いからといって必ずしも人生を有利に生きるとは限らない。二〇代でデビューするお笑い芸人も多いようだが、彼らの大半はしばらくすると消える。消えるといっても、幽霊となってこの世に存在しなくなるわけではない。社会の表舞台から消えるだけで、それでも食事をして、どこかに住居がなければいけない。

やっぱり若者に向かって、お前はもう子どもではないから若いなどと言われて喜ぶな、などと言うのはおせっかいなのだろうか。もちろん見ず知らずの若者に言うわけではなく、親しい編集者などに言うわけだが、言ったあとにとても空しくなり、気が滅入る。彼らがヘラヘラしているからだ。まるで「叱ってもらってうれしい」みたいな表情をする。こうやって村上龍さんと食事しているだけでうれしい、みたいなことを言うときもある。

しつこいが、わたしは「勉強しろ」とか「怒れ」とか「自覚を持て」とか言いたいわけではない。「じゃあ聞くけど、お前はこれからどうやって生きていくんだ」というようなニュアンスのことをたまに言うだけだ。基本的に、わたしは若者には興味がないし、期待もしていない。他人には期待しない。しかしどうしてこういう若者論になると気が滅入るのだろうか。もう止《や》めよう。若いってことはすばらしいねえ、と、もっと勉強しろ、の二つしか言われてこなかった若者たちは、不幸だ。

超人のような老人たち

Sent: Wednesday, December 02, 2009 11:12 PM

先日、『カンブリア宮殿』ゲストの六五歳と七二歳の経営者と食事をした。二人の会社の売り上げを足すと年商で三〇〇〇億近い。それで、二人とも異様に元気だった。元気な人たちだなあと思ったが、いったいどこがそんなに元気だったのだろうか、とあとになって考えた。別にはしゃぎっぱなしというわけでもないし、日本酒を一升飲んだとか、そのあと全力疾走で四〇〇メートルを走ったとか、そういうわけでもない。二人とも体調には気をつかっていてメンテナンスにお金もかけているようだが、身体的に、ものすごく若々しいというわけでもない。

好奇心、のようなものではないかと思った。六五歳は東南アジア一帯にいくつも工場を持ち、七二歳は南米などに仕入れの拠点を持っていて、しょっちゅう海外に出かけているが、その他の海外のことをすごく知りたがる。他にもいろいろなことに興味を持っていて、いくつになっても恋愛をしないといけない、みたいなことを真顔で言う。二人とも資産家だが、金の力で女をものにしようなどという浅はかな魂胆はない。そんなことがばれたら二人の名声は一夜で崩れ去ってしまう、ということもあるが、何か約束したら実現する力を本当に持っているので女に対し嘘をつけない、という理由もある。

よく映画やテレビなどで、「言うことを聞いて一晩付き合ってくれたら、次の映画で役をやるよ」などと、女優や、その卵を口説くプロデューサーが登場するが、あれは嘘だ。プロデューサーや監督は内容が良くて売れる映画を作らなければキャリアも金も失うので、一晩セックスできるからといって、大したことのない女優に役を与えたりしない。そんなことをしても割に合わないのだ。

しかしそれにしても、その二人の経営者のエネルギーと好奇心の強さはすごかった。わたしは、知り合いの若い何人かの編集者を思い浮かべ、違いに愕然とした。草食系とか言われるが、そんな言葉では足りないと思った。この二人に比べたら、あいつらはまるで死人だ、そう思った。死んでいるように思えたのだった。若い編集者たちが共通して興味を持つのは、まずたいてい時計だ。そんなに稼いでもいないくせに、ブルガリやフランク・ミュラーやＩＷＣの時計に憧れている。どうしてそんなにブランドの時計に興味があるんだと聞くと、きれいだからと答える。

ペットが好きというのも多い。犬や猫だけではなく熱帯魚を飼っている場合もある。ファッションも含めて、彼らの物腰は洗練されている。だが、洗練されているからまだ付き合えるわけで、死人のような雰囲気で、しかも洗練もされてなくて粗野で汚らしかったら、きっとわたしはいっしょに仕事をしないだろう。編集者だけではなく、わたしの周囲にいるテレビのＦＤやＩＴ関連の若い仕事仲間の多くは、車にも女にも海外旅行にもほとんど興味を示さない。女は面倒くさいからいやだ、みたいな態度が多い。決してホモではないが、女をゲットするというか、好きなタイプの女と付き合うことを面倒くさいと考えている。

*

そういった男たちをきっと草食系・草食男子と表現するのだろうが、わたしはその呼称自体が洗練されていて、実状に合っていないと思う。現実を隠蔽する表現は、角が立たないために必ず好まれる。そしてあっという間に流通する。太平洋戦争末期の旧日本軍が撤退を転進と言い換えたのと同じだ。間違っているわけではないが、事実を隠蔽する。しかし、当たり前だが、死人という表現は絶対に流通しないだろう。

別に死人たちが間違っているとか、悪いというわけではない。彼らは六本木ヒルズに象徴されるような成金趣味が嫌いだし、フェラーリやハマーに憧れたりしない。暴力や差別やケンカや戦争も嫌いだし、環境保護に対して関心も高い。いいところもいっぱいある。しかし、どうしてわたしは彼らを、まるで死人のようだと思ったのだろうか。たぶん好奇心が弱体化しているということだろう。何でも知っていると思っているということだ。彼らは「欲しいものがどこかにあるはずなので探し当てたい、出会いたい」とは思っていない。

だが、その原因の大半は他にある。彼らは小さいころから「何でもそろっている、不足はない」と社会から刷り込まれてきた。だから当然と言えば当然なのだ。親や教師たちを含め、社会全体が「何かを外部に求めること、探すこと、出会いたいと思うこと」を放棄していて、それが彼らに刷り込まれ、伝わっている。

この国には、とくに都会には、驚くほど何でもそろっている。モデル風の女からデブ専まで金さえあれば風俗で性的な行為が買えるし、アマゾンでは本やDVDだけではなくハンガーからワインセラーまでほとんど何でも買える。びっくりするのはスイーツと呼ばれるお菓子&ケーキ類の品ぞろえの豊富さだ。世界中の菓子が日本に集まっているのではないかと思うほど、ありとあらゆるブランドと職人の菓子がそろっている。フレンチの三つ星レストランからエスニックまで、金と時間さえあれば世界中の料理が味わえる。

また、それほど金がなくても、相応の快適な暮らしが可能だ。ユニクロのヒートテックとプレミアムダウンがあれば冬も快適だし、ABCマートで靴を買い、サイゼリヤで食事して、ドン・キホーテで必需品をそろえ、ニトリで家具を買えば、それなりの暮らしが楽しめる。「何かを外部に求め、探し、出会うために努力しよう」と思うほうが変だ。何でもそろっているのに、どうしてわざわざ外部に探しに行かなければいけないのだろうか、そう思うのが普通だ。

＊

わたしが子どものころ、日本にはモノが少なかったし、たとえあってもなかなか買えなかった。デパートを丸ごと自分のものにできたらどんなにいいだろうと思ったことがある。だからわたしの世代は、「欲しいモノはここにはない、外部にあるから、探して、手に入れる努力をするか、買うための金を稼ぐしかない」と刷り込まれて育った。

今でもよく覚えているのは、輸入盤のレコードを探すのが楽しかったことだ。ロックやジャズで国内販売されていないものを、レコード店をハシゴして探すのは本当に楽しかった。ビートルズやR・ストーンズなどのメジャーバンドは国内盤があったが、ヴェルヴェット・アンダーグラウンドやソフト・マシーンやゴングといったカルト的なバンドのアルバムは輸入盤を探さないと買えなかった。探さないと買えないから、探したのだ。

「ぴあ」や「ぐるなび」もなく、情報も不足していたので、自分たちは何も知らないのだと素直にそう思って育った。だから今でも、この世の中には自分が知らないことが山のようにあると思っている。そう刷り込まれたからだ。だが、「欲しいものは外部にある」という思いは愉快なものではない。コンプレックスや引け目につながるし、妬《ねた》みに結びつくこともある。別に欲しいものはないし、知らないこともない、そう思うほうが楽だ。楽だから、そういった思いはあっという間に社会に定着し、世代間で受け継がれる。

だから死人でいることは楽だし、外部に何かを求めるのは面倒くさい。ただし、もったいないと思う。六五歳と七二歳の強烈な経営者のような爆発的な好奇心を今さら持つのはたぶん無理だろう。そして、死人でいるのは間違ったことでも悪いことでもないが、しかしいかにももったいない。あの、輸入盤を探し回った若き日々はとても楽しかった。今、あの気分を味わうのは簡単ではないが、最初からあきらめるのはもったいない。

普天間を巡る思考放棄

Sent: Thursday, January 07, 2010 10:30 PM

考えるという行為は刺激的だが疲れる。だから思考停止状態に陥ってしまうことが多いし、多くの人はそのことに気づきたがらない。たとえば沖縄の普天間基地の移設問題では、社会全体が思考停止状態に陥っているが、大手既成メディアをはじめほとんどの人がそのことに気づかない。そもそも冷戦が終わっているのにどうして沖縄に米軍基地が必要なのかという議論がない。

わたしは個人的に、現在の国際情勢を考えて、沖縄に米軍基地は必要ないと思う。日本にとって必要がないだけではなく、アメリカにも必要がない。そもそも海兵隊というのは海外での武力行使を前提とするいわゆる「殴り込み部隊」である。アメリカの国益のため、海外に緊急展開する。独自の航空部隊を持ち、また海軍との連携によって、敵国への急襲降下と敵前上陸が可能だ。

　将来的に、海兵隊が必要になりそうな地域はもちろん朝鮮半島だろう。だが北朝鮮との戦争ではまず空爆が先行する。北朝鮮軍の戦闘力を削《そ》いだあとで、つまり開戦数日後に海兵隊が投入されるから、基地は沖縄ではなくてもグアムでもアメリカ本土からでも充分に間に合う。しかも沖縄の気候は北朝鮮とはまったく違って亜熱帯だ。訓練というのは、想定する戦闘地域と似た気候と地形で行わなければ意味がない。

　わたしは、普天間に限らず沖縄の米軍基地が、どういう事態を想定して存在しているのかわからない。とっくに冷戦が終わって、インドシナ半島が共産化する危険性はゼロだから、ベトナム戦争がもう一度起こる可能性もゼロだ。北朝鮮や中国、それに東南アジアで緊急事態が起こった場合のアメリカ民間人の保護のためという指摘もあるが、一万人を超える海兵遠征軍が必要だとは思えない。

多くの日本人は、将来たとえば資源を巡る争いが起こって北朝鮮や中国が日本に侵攻してきたとき、アメリカ軍が戦ってくれると思っていることだろう。『半島を出よ』という作品を書いたときに、日米安全保障条約を読んでみたが、「在日米軍は日本防衛のために日本本土で戦う」などとはいっさい書かれていなかった。他国の民を守るために他所《よそ》の国で先陣を切って戦ってくれる軍隊など、傭兵以外にはいない。北朝鮮が日本に侵攻してくるときは、当たり前のことだが、まず自衛隊が戦うのだ。

＊

沖縄に米軍基地が必要だと思っている人の多くは、日本を守ってもらうためと考えているかも知れない。だが、だったら自衛隊は何のためにあるのだろうか。日本の年間軍事費は計算方法によって世界第三位とも五位とも言われているが、有数のものであることは間違いない。『半島を出よ』の取材では多くの自衛官から情報を得たが、誰もが口をそろえて、正規戦では北朝鮮など恐れるに足らないと主張した。九州には高度なレーダー群と哨戒機・哨戒艇が配備されていて、北朝鮮が侵攻してくれば上陸前に全滅させることができる。

そもそも北朝鮮には空軍と呼べるものはないし、海軍力にしてもたかが知れている。だいいち燃料がない。だから『半島を出よ』では、「反乱軍のテロ」という設定にするしかなかった。それでも自衛隊のレーダー網をかいくぐって福岡に上陸するリアリティを持たせるのは大変だった。航空自衛隊や海上自衛隊の規模と装備を考えると、北朝鮮や中国が日本に侵攻するのはほとんど無理なのだ。だから、沖縄の米軍・海兵隊が日本防衛のために駐屯していると思うのは、自衛隊に対して失礼な話だと思う。

冒頭に思考停止と書いたのは、沖縄に米軍基地は本当に必要なのかと、誰も考えていないということだ。普天間の基地を県外や海外に移さなければ沖縄住民が困るのだろうが、しかしそんなことをすればアメリカが怒るだろう、というような論議しかない。沖縄にアメリカ軍基地が本当に必要だったら、沖縄の人たちが何と言おうとこれまで通り我慢してもらわなければならないし、必要ではないのだったら、アメリカがどう思おうとそう主張しなければならない。そういった当たり前のことがまったく論議されないのは異常だが、不思議なのはこんな事態を誰も異常だと思っていないことだ。

普天間問題で日米関係・同盟が危機に瀕していると大手既成メディアは報道するが、アメリカは別に沖縄の基地そのものにこだわっているわけではないと、わたしは個人的に思う。アメリカは、台湾海峡有事に備えて中国を牽制するために沖縄に基地を残したいだろうか。アメリカは、経済・軍事大国となった中国との協調の道を探っている。中国は、アメリカにとって重要な市場であり、プロダクツの供給源でもある。

戦争はイデオロギーの対立で起こるわけではない。経済的な利害の対立で起こる。だが米中の経済関係は利害対立しているどころか、相互補完的だ。アメリカは中国が経済的・政治的に破綻すると困るし、中国もアメリカが経済破綻するともっとも重要な市場を失う。私見だが、アメリカにとっても沖縄の基地が必要ではないとすると、アメリカが欲しがっているのは思いやり予算を含む数千億円と言われる日本の資金である。アメリカの財政は連邦、各州ともに危機に瀕していて、バカ高い軍事費は頭痛の種だ。数千億円の思いやり予算でアメリカはかなり助かっているはずである。

＊

もし沖縄に米軍基地が必要ではないと考えるのなら、そのことを率直にアメリカ政府に言うべきだ。これまで日本の安全保障を担っていただいて本当に感謝しておりますが、冷戦も終わったことですし、アメリカ軍は本土かグアムにお帰りいただくほうがよろしいかと思います、と言えばいい。沖縄に米軍基地が必要かどうかの判断が日本側にないので、アメリカもわけがわからずに苛立っていて、予算が出ないかもという心配もあって態度を硬化させているのだと思われる。

仮にアメリカが怒ったらどういう事態になるのだろうか。怒っても、特別なことは起こらない。まずアメリカ軍に沖縄から出て行ってもらって、ついでに思いやり予算も止めますと告げても、怒ったアメリカが日本に戦争を仕掛けてくることはない。経済封鎖をすることもない。怒ったアメリカはどんなリベンジを考えるだろうか。日本を見放して、中国や韓国に接近するだろうか。中国はもちろんのこと、韓国も同盟国として日本の代役はできないだろう。国の規模が違うし、アメリカ型民主主義への理解の度合いも違う。日本のような同盟国は、東アジアに限らず他のどこにも存在しない。だから一時的に関係が冷えても、お互いを必要としているから必ず修復できる。

わたしは日米関係については不安を持っていない。そんなことより、もっと危機感を持って考えなければならないことがある。中国との関係だ。それも軍事的な対立についてではない。中国は今のところ日本との関係を重視している。多くの要人が来日し、多くの企業がいまだ日本に興味を持っている。日本企業を買収しようという動きも加速している。それは、今のところ学ぶべき高付加価値の技術を、まだ日本が持っているからだ。あるいはお手本にしたい文化的なコンテンツやソフトがあるからだ。

それらがなくなったとき、つまり技術的にも文化的にも日本からはもう学ぶものがないと中国が思ったとき、どんなことが起こるだろうか。日本は完全に無視されるだろう。五〇年後か、二〇年後か、ひょっとしたら一〇年後かわからないが、今のままだと必ずそうなる。

悪役はもう生きていけない

Sent: Monday, February 08, 2010 1:22 AM

朝青龍が引退した。三年前、モンゴルでのサッカー事件のときは擁護のエッセイを書いたものだが、今回は本場所中に酔って素人に暴力を振るったわけだから、どうしようもない。こんな形で相撲界を去るのはあまりにも残念だが、しょうがない。プロスポーツ選手の不祥事が起こるたびに、追放とか刑事罰ではなく、罰としての社会貢献を科すほうがいいのではないかと思う。アメリカでは、たとえばプロバスケットボールの選手が麻薬や暴力事件で逮捕されると、青少年たちに年間二〇〇時間無料でコーチをするとか、そういった形で罰を科すと聞いた。もちろん犯罪の程度にもよるのだろうが、有名人で社会的影響力が大きい場合には、単に収監したり追放したりするよりも、合理的ではないかと思うのだが、そんなことを積極的に提案するようなヒマはない。

朝青龍は、横綱としての品格に欠けるとよく言われた。品格とは何だろうか。よくわからない。品格のある人物として、代表的な人はいったい誰なのだろう。法を守り、道徳的にも問題なく、それなりの税金を納め、周囲の人に優しく接し、尊敬を集め、身なりもきちんとして、社会貢献活動も行う、みたいな感じだろうか。たとえば、品格のある人は、どんなファッションをしているのだろう。

男の場合、仕立てのいいスーツだろうか。でもピンクのスーツにドクロのマークが入ったネクタイをしていたらダメだろう。

品格がある人はどんな車に乗っているのだろうか。メルセデス・ベンツかレクサスのような車だろうか。フェラーリだろうか。わからない。品格のある人はどんな本を読んでいるのだろうか。哲学書とか歴史書か、あるいは司馬遼太郎の著作だろうか。政治家に品格のある人はいるのだろうか。政権与党の幹事長である小沢一郎や総理である鳩山由紀夫は、きっと品格があるとは誰も言わないだろう。

品格があると言われるような人は、いったいどんなものを食べるのだろうか。ホルモンとかレバ刺しは合わない気がする。品格があるとされる人の必要十分条件を五〇字以内で述べよ、という現代国語の問題があるとしたら、模範解答を書ける人がどのくらいいるだろうか。少なくともわたしは自信がない。親方や相撲協会がちゃんと教育しなかったから朝青龍が道を誤ったなどとよく言われるが、品格というこれほど曖昧な概念を、どうやって外国人である朝青龍に教えればよかったのだろうか。

＊

朝青龍がいなくなっても、相撲界が浄化されればまた新しい才能ある若い力士が現れるというようなことを言う人がいたが、本当だろうか。昔、ちばてつやの漫画に『のたり松太郎』というのがあって、最高に面白かった。松太郎は九州の炭坑街に住む乱暴者で、縁あって相撲界に入るのだが、「人前で尻なんか出せるかよ」みたいなことを平気で言うどうしようもない不真面目な男だ。酒は飲むし、暴力事件は起こすし、弟弟子の対戦相手に八百長を持ちかけるし、それこそ品格のかけらもない男だが、「人前で尻なんか出せるかよ」というのは、現代の若者の心理を代表する台詞ではないだろうか。

土俵には金が埋まっていると言われるが、相撲取りにでもならなければメシが食えないというような貧乏人は昔に比べると減った。今、幕内力士の四人に一人が外国人だという。ひと昔前はハワイ出身者が多かった。現在圧倒的に多いのはモンゴル人で、他にブルガリアの琴欧洲、エストニアの把瑠都、グルジアの黒海、それにロシア人がいる。フランスやイタリアやイギリスやドイツはいない。裕福な国はない。

だいいち、あれだけ異様な体型になるまで大量の食事をとり、身体《からだ》を鍛え上げて、健康にいいわけがない。封建的なしきたりや人間関係が残っていて、しかもファッションはふんどしという古風なもので、ヘアスタイルも衣装も江戸時代とほとんど変わっていない。入門すれば、炊事の支度や部屋や便所の掃除をやらされ、柱にぶつかっていったり、地面に叩きつけられたりする。痛いに決まっているし、実際にしごきのようなことが行われ、新弟子が変死した事件もあった。草食系とか肉食系とか、そんな区分がアホらしくなる古色蒼然とした世界だ。

大関の魁皇はもうすぐ引退するのだろうが、全盛時は間違いなく横綱の器だった。でも、全然怖さがなかった。優しそうだった。元小結の舞の海さんに聞いたのだが、朝青龍は対戦相手に対し「こいつは自分の母親を殺したやつだ」とイメージして戦意を高めるようにと父親に教えられたらしい。格闘技は、絶対に強くなりたいという思いがないと強くなれないし、相手と対戦するときに戦意を高めなければ集中できない。この野郎、ぶっ殺してやる、というような激しい戦意を底に抱いているほうが有利だ。

もちろん、ぶっ殺してやるというのはイメージトレーニングの一種で、実際に殺意を抱くという意味ではない。かーっと頭に血が上り殺意がわきあがるというわけではない。憎しみではなく、怒りを抽象化するような精神的な作業を経て、意識を集中させるのだ。そして、絶対に負けられないという思いは、ある種の欠落感がないと生まれようがない。この野郎、ぶっ殺してやる、という戦意は満ち足りた生活からは生まれにくい。

*

もう二〇年くらい前から、わたしは在日の外国人の中から優れた作家が現れると予想していた。中国人の芥川賞女性作家や、候補作を書いたイラン人など、実際に外国人作家が現れるようになった。文学というのは、理性ではコントロールできない悪夢のようなものを物語に織り込んでいく作業だ。何かに対する餓えがなければ、悪夢を描写しようという意欲や集中力を維持することができない。餓えというのは、単純に食料や飲み物が不足している状況で生きるということではない。そういった生物学的な餓えは、空腹が満たされれば消えてしまう。

決して満たされない餓えというのは、階級的なものだ。現実の身分とか生まれとか、そういった制度的なものも含まれるが、現代における階級闘争はおもに精神的フィールドで戦われる。わたしの場合は、多数派に対する圧倒的な違和感だ。どういうわけか生まれてからずっと、多数派というものに対する嫌悪感と恐怖がある。なぜそんな感情がずっと続いているのか、自分でもよくわからない。

理由も根拠も曖昧だが、自分のことを少数派だと思う。そして危機感と警戒心を失ってしまえば、多数派から攻撃されて潰されるという強迫観念のようなものがある。

米軍基地の生まれだからという評論家もいるが、米軍基地のある街で生まれ育った人は大勢いて、全員がわたしのようなメンタリティを持っているわけではない。いつだったか、坂本龍一も同じような思いを持っていると話してくれた。

彼は五歳のころからピアノを習っていたが、ピアノを習って家に帰るとき、街頭テレビで力道山が空手チョップをふるって外人レスラーをやっつけて大勢の人が歓声を上げていて、それがわけもなく恐かったのだそうだ。

結論としては、この先日本人の横綱が誕生する可能性はほとんどゼロだろう。日本社会から、階級闘争的な餓えがほぼ隠蔽されてしまったからだ。餓えがなくなったわけではない。ありとあらゆるメディアが結果的に餓えを隠すために機能している。若者の怒りは押しつぶされ、それは通り魔のような低次元の突発的な犯罪以外に表現されることがない。これだけ搾取され無視されているというのに、日本の若者たちはまったく抗議行動をしない。考えてみれば、異様なことだ。

怒らない若者たち

Sent: Monday, March 08, 2010 7:57 PM

『13歳のハローワーク』という子どものための職業図鑑の改訂版がほとんど完成した。この原稿が活字になるころには本になっているだろう。旧版より情報量が多く、職業図鑑である『新・13歳のハローワーク』と進路ガイドの『13歳の進路』の二分冊になった。詳しくは本屋さんで見ていただきたいが、『13歳の進路』では、中学卒業から職業人へと至る「複数の」道筋を示した。たとえば「進路指導」という言葉には、どんなイメージがあるだろうか。進路とは本来、中学卒業者を将来へ結びつけるものだが、現状は違う。

わたしが子どものころも、今も、進路指導というのは子どもを選別するためのもので、子どもの特性にフィットした将来像を示すことではない。今も昔も、子どもは進路指導という名称のもと、学力と親の経済力に見合った集団に振り分けられることになる。そして、重要なポイントは二つある。一つは示されている進路が「単線」であること、もう一つは、実際的な職業訓練が教育に組みこまれていないことだ。中学、高校（高専）、専門学校・大学（短大）という単線的な可能性が示され、そのラインから外れると、社会からは落伍者という烙印が押されてしまう。

わたしは、フリースクールや高卒認定試験、それに通信教育、そして公的職業訓練施設、さらに自衛隊を併記することで、何とか「複線的な」進路を示したかった。リカバリーは簡単ではないが不可能でもないということを明記したかった。作業を開始して、完成まで一〇カ月もかかったのは、わたしが日本の「公的職業訓練施設」について、その歴史や実状をまったく知らなかったからだ。日本では、教育と職業訓練がまったく切り離されていることもわかった。教育は文科省の管轄、職業訓練は厚労省で、予算的にもバラバラになっている。

日本で職業訓練が教育に組み入れられなかったのは、職業人となるためのトレーニングをおもに民間企業が受けもってきたからだ。教育は、明治以来おもに「兵士と工場労働者と役人」を養成するためのものだった。個別の職業教育は、医師など特別なものをのぞいて、たとえば弁護士や会計士でも大学では実務教育はなく、法学部や経済学部を出て司法試験や会計士試験に合格するためには、さらに予備校や独学で実務を学ぶ必要がある。

＊

実際の職業教育は個別の民間企業が受けもってきた。ＯＪＴ（オン・ザ・ジョブ・トレーニング）と呼ばれる社内教育・研修・訓練によって、一人前のスキルや知識を身につけていくことになる。当然のことだが、ＯＪＴには金がかかる。

業種によっては、新入社員を一人前にするまでに数千万の資金が必要といわれる。

そして、バブル崩壊以降続く構造不況で、その余裕がない企業が増えた。事業規模を問わず、企業が即戦力となる人材を中途採用する傾向にあるのはそのためだ。

メディアは、そういったことがあたかも単なるビジネストレンドであるかのように、「昨今企業では即戦力の中途採用が増えつつある」と簡単に報道する。教育課程に職業訓練がなく、医学部や看護学部など一部をのぞいて大学でも実務教育がなく、さらに企業にもＯＪＴを行う余力がなくなっているということは、ほとんどすべての若者たちは、仕事に必要な具体的なスキルや知識を身につけることなく社会に放り出されるということになる。たいていの若者は、そういった状況に敏感だから、余裕がある者は資格予備校などに通って強い資格を得ようとする。だがほとんどの資格予備校は授業料が非常に高額で、誰もが通えるわけではない。

だから、大学を出ても、最低賃金に近い時給でアルバイトをするしかないというフリーターの若者が増えるのはごく自然なことなのだ。

現代の若者が昔に比べて怠け者になったとか根性がないとか我慢を知らないといった批判は間違っている。雇用、つまり仕事・職業に就くことは、生活の糧を稼ぎ出し、友人や仲間の人的ネットワークを形づくることができて、かつ社会とつながり、充足感や連帯意識を得られる。雇用は、ひょっとしたらもっとも重要なイシューであるはずだが、どういうわけかそういった捉え方は、日本では少ない。

アメリカのオバマ大統領は、失業率の高止まりが大問題になって懸案の医療保険改革を一時棚上げせざるを得なくなった。フランスのサルコジ大統領は、雇用問題が解決しなければ経済は回復したとは言えない、と記者団に明言した。アメリカや西ヨーロッパの国では市長や知事や国会議員が、雇用の創出を自分の政治的な業績としてアピールする。雇用は、衣食住をまかなう金銭を稼ぐわけだから、最重要課題となるのは当然だと思うのだが、日本では、一昨年の派遣村や内定取り消しや高卒者の就職難が小さなニュースとして取り上げられるだけで、地方や国全体を揺るがす大問題とはならない。

＊

日本の若者は、大人になって一人で生きていくための実務的な職業訓練をほとんど受けることがなく成長し、ふいに社会に放り出される。論議されるのは、学力重視の教育か、それともゆとり教育かというような、どうでもいい話題ばかりだ。学力重視もゆとり教育も、一人で生きていける大人にするための具体的なカリキュラムがないという点では変わり映えしない。今のままでは、数パーセントの専門職エリートと、他の単純労働者に完全に分かれてしまって、階層化が固定し、社会から労働力だけではなく活力までが失われてしまうかも知れない。

草食系（すでに死語になりつつある）といわれる若者たちは、自分たちが置かれた状況に怒り、デモをする力もない。それは、一人で生きていくためには訓練が必要だという自覚はもちろん、そういった概念さえ持てなくて、社会を前にただ立ち尽くしているからだ。怒っていいんだよと誰かに言われなければ怒れないような、生命力ゼロの若者が大量に社会に送り込まれる。怒らないのは別に若者に限ったことではない。結局廃案になりそうだが、後期高齢者医療制度という「長生きするな」というような制度ができたときでも、老人たちは怒らなかった。

なぜ人々は怒らずに、単に「切れて」通り魔のような自滅型の犯罪に走ったり、うつ状態となって自殺を考えたりするのだろうか。そういったことを考えるときに思い出すのは、〇二年の日韓W杯、決勝トーナメント一回戦の対トルコ戦だ。日本はトルコに一点を先行されたのだが、後半残り一五分になっても、それまでと同じような攻撃に終始した。決勝トーナメントなので負けたらそこで終わりだから、普通は守備の選手も相手ゴールに押し寄せて総攻撃をかけるのだが、日本はまるで一点勝っているかのような試合運びを続けたのだった。

サポーターたちは、「勝つ気があるのか！」と怒号を浴びせたが、おそらく選手たちに勝つ気はあったのだろうと思う。ただ、全員での総攻撃をやった経験が無かったので、どうすればいいのかわからなかったのだ。

怒りを忘れた若者もきっと同じなのだろう。経験と訓練がなければ、怒りの感情をアクションに変えることはできないのではないだろうか。わたしたちの社会は、正当な怒りを言葉や行動で表現することを、子どもたちや若者に教えていないし、示してもいないということになる。

犬との散歩でサバイバル

Sent: Thursday, April 08, 2010 9:10 PM

四年間続いた連載と、三年間続いた連載が終わり、それに『13歳のハローワーク』の新版が発売されて、大きな仕事が三つ終わって、この一カ月ほど何もしない日々が続いている。テレビ番組の司会はやっているが、わたしのメインの仕事は小説なので、次の作品を書きはじめるまで、こんな感じの無為な日々が続くのだろう。長い連載小説が終わったあとは、解放感がある。だが、それが長く続かなくなった。小説を書くときは、他とは比べられないほど多大なエネルギーを使う。大変だが、苦しいわけではないので、苦労ではない。

じゃあ喜びかというと、あまりに大変なので、自分ではとても喜びとは感じない。若いころは、そういったことには無自覚にひたすら書いていた。今も、書いている間はあまり余分なことは考えないが、書き終わると、複雑な心理状態になる。つまり、小説を書くほど大変なことはないが、小説を書くことほどスリリングなこともないので、他のことをやる気が起きないのだ。じゃあ新しい小説を書けばいいじゃないかと思われるかもしれないが、何かが溜まらなければ、書きはじめることはむずかしい。

長年書いてきてわかったのだが、よし、書くぞ、という風には書き出せない。いつも新しい小説を書きはじめるときは、しょうがないからそろそろ書くか、という感じで最初の一ページを書く。「書きたいから書く」わけでもないし、「書かなければいけないから書く」わけでもない。作品のモチーフやテーマやディテールが脳のどこかで定着し、もうそろそろいいだろうとわたしに対して要求を出してくるのである。

＊

じゃあ日々何をしているのかというと、テレビ番組『カンブリア宮殿』の準備や収録を除くと、おもな日課は犬の散歩だ。朝夕、近所の公園まで散歩に行く。

公園といってもかなり広いので、一回の散歩でだいたい四〇分くらい歩く。平日の公園にいるのは、仕事をしていないおばさん、リタイアしたおじさんとおじいさん、それに幼児だ。犬を連れた人も多い。わたしは、顔なじみの人々とは礼儀正しく挨拶を交わす。ときには重い荷物を持っているおばあさんをヘルプして喜ばれることもある。

広い公園の草地には、犬を連れた人々が集まっていることがあって、それを見ると憂うつな気分になる。まるでドッグショーのように、犬が一〇匹、多いときには二〇匹くらい集まっているのだ。異様な光景だ。どうして人々は集まりたがるのだろうと思う。集まっている人々の一人ひとりはとてもいい人で、わたしは言葉を交わすこともある。だが、犬が十数匹、飼い主が一〇人以上集まっている光景は異常で、わたしは絶対に近づかない。そもそも一人になって、公園の木々や花々を眺め、気分を落ち着かせたいから散歩しているのだ。他の人と話をするのは、編集者との打ち合わせや『カンブリア宮殿』のミーティングなどで充分だ。

だが、この世の中には、どうしても群れたがる人々がいる。集団を作るのが大前提的に善となっている気がする。集団は、それだけでパワーなので、わたしは近寄るのがおっくうだし、怖くなることもある。男子中学生やおばさんでも相手が五人いたら、ケンカをしても勝てない。それが集団のパワーであり、属していない者を排除しようという機能を大前提的に持つ。繰り返すが、一人ひとりはとても礼儀正しく、マナーを守るいい人だ。犬たちもおとなしく、よくしつけられている。だが、集団としてまとまると別の側面が現れる。

＊

犬が一〇匹もまとまってたむろしていると、犬嫌いの人はいやだろう。だが集団内にいるとそのことがわからなくなる。そういった集団には外部のことを考慮しない方向に力が働く。そういった集団に入るには暗黙の通過儀礼のようなものがあり、ストレスがあるが、入ってしまえばあとは仲間として認められる。いったん集団に入ってしまうと、一人で散歩することがむずかしくなる。集団に加わらずに犬を連れて遠くを歩くと、〇〇さん、今日はどうしたのかしらと、何か変わったことがあったのかと疑われてしまう。

ロンドンのハイドパーク、NYのセントラルパークなど、海外の公園でも犬を連れて散歩する人たちは多いが、群がっているのを見たことがない。日本人は群れたがる傾向があるようだ。なぜだろうか。おそらく集団としてまとまることに何らかの利益があったのだろう。そして、集団に属していない場合には不利益があったのだろう。そのような集団は、フラクタルにあらゆる場所に存在する。学校にも、会社にもある。

最近、八二歳になる母親に電子メールを教えて、毎日メールのやりとりをするようになった。公園の犬の集団について書くと、寂しい人が多いんだからしょうがないという返事が来た。犬の散歩に行って、仲間と会って話すことが楽しみという人のことを悪く考えるのはよくない、と注意された。いくつになっても母親の言うことは聞くようにしている。全部ではないが、真実が潜んでいるからだ。

＊

たしかに、精神的な落ち着きが必要な孤独な人が、犬を連れて散歩に行って仲間と語らうことで癒されるということはあるだろう。うつ病の人が何とか回復しようと、勇気を奮い起こして愛犬とともに散歩に出かけ、親しくなった人と語り合うことで救われている、というようなケースもあるのかもしれない。そういう風に考えると、集団を見る目も変わってくる。

人が群れるのは好きになれないが、群れている人たちを単に批判するのは間違っているのかも知れない。いつのころからかそう思うようになった。エッセイをまとめた単行本のタイトルを『自殺よりはＳＥＸ』としたが、象徴的だった。

倫理的に感心できないセックスでも、自殺から救うためならやむを得ないのではないかと考えるようになった。昔は、コンパに行き男を探すＯＬを寂しい女だと批判していたが、うつ病になって自殺を考えるよりははるかに健康的なのかも知れないと思うようになった。

アニメのキャラクターを追いかけるオタクの若者たちは気持ち悪いが、通り魔になるよりも、そして自殺サイトで知り合った仲間と車中で一酸化炭素を吸って集団自殺するよりもはるかに健全なのだ。この先何もいいことが起こらない、そういった気分が日本中を覆っている感じがする。「この国にはいろいろなものがある。だが希望だけがない」と国会で宣言する中学生を描いた小説を書いたのが、二〇世紀末だった。

去年、政権が交代したが、結局変化は起こらなかった。民主党政権はマニフェストに沿って政策を用意し、実行しようとするが、財源がない。野党に下った自民党は分裂しつつある。

この国はゆっくりと衰退に向かっている。しかも誰もがそのことに心の底で気づきはじめている。多くの若者が仕事を得ることができないでいる。どうすれば希望する会社に入社できるのか、よくわからないまま学生時代の大半を就職活動に費して、系統だった学問を修める時間がない。

どの集団に入れば人生を有利に生きられるか、という問いそのものが意味をなさなくなった。有利に生きる、成功する、金持ちになる、という目標をまず捨てることが重要だろうと思う。成功を考えてはいけない。考えるべきは、死なずに生き残るための方法である。

寂しい勝ち組

Sent: Thursday, May 06, 2010 3:26 PM

この原稿が活字になるころ、普天間基地の移設問題はどういう風に解決しているのだろうか。鳩山総理はゴールデンウィークの間に沖縄を訪れて、県外・国外への完全移設は事実上無理だというニュアンスのことを伝えた。ただしはっきりと「県外・国外への完全移設は無理」という表現をしたわけではない。沖縄のみなさんにもご負担をお願いしたい、というような表現だったと思う。日本語そのものにはまったく罪はないが、伝統的にこの国では為政者は自身の失敗を言葉でごまかそうとする。

先の戦争では敗色濃厚になってから、有名な「転進」という戦略的用語が好んで使われた。撤退や敗走をそう表現したのだ。全面的な敗北のあとの撤退を転進と言い換えることで、誰が利益を得たのだろうか。当時のマスコミは軍部および権力側の宣伝機関となっていたので、喜んで転進という表現を使った。国民は騙され続けた。

だが、本土が空襲されるようになってからは、多くの国民は大本営の発表を疑いはじめたらしい。それまではあり得なかった敵の空襲がはじまったのだから、ひょっとしたら負けているのかも知れないと思うのは当然だ。でも軍部や政府への反抗が起こるわけでもなく、転進という言葉は最後まで使われ続けた。多くの人に受け入れられたから、その言葉は生き続けたのだ。転進という言葉は欺瞞だが、不安を消してくれる効果があったのだと思う。

県外・国外への移設は無理です、と鳩山総理は言わなかった。沖縄のみなさんにもご負担をお願いしたいという表現をした。だがそれが何を意味するのか、マスメディアを含めてほとんどすべての国民が理解し、そのことを共有した。直接的な表現を避け、意図的に曖昧にして、言外の意味を多くの人が共有するというのは、日本文化の特徴となっている。「…みたいな」という言葉がいつごろから流通しはじめたのか不明だが、二〇年前にはほとんどなかった。「もう我慢できない」ではなく、「もう我慢できない、みたいな」という言い方がなぜ好まれるのか。それは「みたいな」と修飾することで意志や感情を曖昧にできるからだ。そういった曖昧な言葉や言い回しが次々に誕生するのはバブル崩壊以後という印象がある。微妙、ビミョー、という言葉も定着して決して死語にならない。ビミョーというのは、「あなた、彼のことどう思う?」「うーん、ビミョー」という風に使われるが、要は、好きじゃないという意味だ。

＊

ほとんどすべての人が曖昧な表現を好む要因はきっと複雑で詳細な検討が必要なのだろうが、明らかなのは、日本社会が余裕を失いつつあるということだろう。もっともわかりやすいのは財政だ。日本の財政にはまったく余裕がない。

いつ破綻するかわからないほど逼迫《ひっぱく》している。そしてそのことをよほどのバカでない限りみんな知っている。マスメディアは、財政再建待ったなしなどとわけのわからない表現をするが、要は国が再配分する金が非常に少なくなって借金だけがふくらんでいるということだ。

金がないという状態は、個人からも家庭からも企業からも社会からも余裕を奪う。経済的余裕と精神的余裕はまったく同じではないが、経済的に全然余裕がない人が精神的余裕を持つのは簡単ではない。仏門に入って物欲を断つとか、田舎できれいな自然と空気の中で質素に暮らすとか、それはそれでけっこうなことだが、病気になったりすると幻想は一気に崩れる。

財政が逼迫した状況とは、医療や教育に充分なお金が使えないということでもある。雇用が安定しないということでもある。そんな中で精神的余裕が生まれるわけがない。うつ病などの精神的疾患が増え、また自殺も増える。そういった余裕のない社会では、まさに傷をなめ合うように、曖昧な表現で自分と他人をごまかしながらコミュニケーションしなければやっていられないということなのだろう。

*

　周囲に、元気をなくした友人が増えた。わたしが普段接するのはおもにマスメディアの人間だが、インターネットと、それに中国を中心とする東アジアに市場を奪われて広告収入が激減している。中には会社の存続が危ぶまれるような出版社や民間放送がある。交際費や制作費が削られ、早期退職を迫られる社員も多い。そして何よりも救いがないのは、たとえ景気がある程度回復したとしても広告収入が元通りになることはないという残酷な事実だ。
　つい先日、そういった非常にやばい状況に直面して、残業もなくなり、仕事も縮小して、まったくつまらない毎日を送り、精神的に参っている友人を励ます会を催した。都内の、多くの財界人が隠れ家的に利用する知る人ぞ知る和食屋だ。男同士でうまいものを飲み食いするには最適の場所だった。それで、励ましがだいたい終わって、雑談に移ったころ、隣のグループ客がうるさいのに気づいた。

座敷には、わたしたちの他に比較的若い数人のグループ客がいたのだが、ふと気づくと彼らがバカ笑いを続けていたのだ。

その店でそんな客は珍しい。中高年や初老の男たちが静かに杯を傾けているのが常だった。わたしの連れの一人が、もう少し静かにしてもらえませんかと礼儀正しく諭し、一度は笑いは収まったのだが、彼らは酔っていて、また傍若無人に大声で話しはじめ、結局最後までバカ笑いを続けた。三〇代半ばで、きちんとしたスーツを着ていた。おそらく一流と言われる大企業の中堅社員たちだろう。上司に紹介してもらったか、以前連れてきてもらってなじみになり、割り勘で飲んでいるというような雰囲気だった。その店はかなり高くて中間管理職くらいの給与では無理だ。

最低だとわたしは思った。そもそも、昼間集中して働いている人にはそんなに大騒ぎするようなエネルギーがない。また、いくら酒が入っているとはいえ、飲み屋で周囲に迷惑をかけているという客観的な判断ができない人間は、どんな職種であれ、使えない。わたしは、こいつらも余裕がないんだなと感じた。楽しいことが少ないのだろう。いつも楽しい席で食事をしておいしい酒を飲んでいる人間は、バカ騒ぎはしない。ひょっとしたら、「おれがおごるからお前ら飲んでこい」と上司に言われて、大喜びではしゃいでいたのかも知れない。

一流企業に入社できて、それ相応の地位にいて、おそらく家庭も築いている、いわゆる「人生の勝ち組」と呼ばれる連中だが、異様なくらい、謙虚さがない。日雇い派遣で働くフリーターや、ワーキングプアと呼ばれる最低賃金で雇われる同世代の労働者のことなんか、かわいそうという以外、何も考えていないはずだ。日本社会の格差というのは、そういった連中と、たまたま勝ち馬に乗り損なった負け組によって成立していて、当たり前のことだが両者に連携などない。

「空気を読む」という日本語がある。翻訳すると「とりあえず自分の意見を控えて上にへつらい下に威張る」ということだ。人間関係の基本が「へつらう&

威張る」である社会においては、たまたま勝ち組に入ることができた者は負け組をさげすみ、負け組は勝ち組をねたみ怨嗟《えんさ》を抱く。そうやって社会全体にネガティブな感情の連鎖が生まれ、もともと少ない精神的余裕がさらにすり減っていく。

どうすればいいのか、そんなことわたしにはわからない。とりあえず飲食店ではバカ笑いを控える、そのくらいしかアドバイスはない。

善戦すれば負けてもいいのか

Sent: Tuesday, June 08, 2010 1:57 PM

前回、五月末に普天間基地問題はどういう風に解決しているだろうかと書いたが、解決どころか政権を崩壊させてしまった。

南アフリカW杯について「この原稿が活字になるころには」と書こうとしているが、いやな予感がする。W杯前に日本代表は、韓国、イングランド、コートジボワールと練習試合をやったが、いずれもひどいゲームだった。チーム力としては過去最低だと思われる。韓国には歯が立たなかったし、まったくやる気が感じられないイングランド相手に「善戦」したが、結局は負けた。コートジボワールとの試合は、サッカーの目的がゴールであることを忘れてしまうような内容だった。

イングランド戦は、日本代表が勝利を目的とするチームではなく、善戦を目的とするチームであることの証のようなゲームだった。日本はいつも同じサッカーをする。基本的には、九八年フランスW杯のころと変わっていない。たとえばオランダ代表はアヤックスというチームの戦術と同じサッカーをするし、イタリア代表はユベントスやミランと似たゲームコンセプトを持つ。スペイン代表は、基本的にはバルセロナやバレンシアと同じだ。そういった意味では、日本代表は鹿島にも浦和にも磐田にも似ていない。スタイルがないのだが、もうわたしには代表を批判する気力がない。

わたしのW杯は、フランス以来中田英寿のW杯だった。友人が中心選手として出場するのだから当然だ。だから四年前のドイツで何かが終わってしまった。中田英寿がいない日本代表は、友人がいないというだけではなく、いくら努力しても興味が持てない存在になった。サッカー好きだったら、今の日本代表のゲームに興味を持つのはむずかしいと思う。サッカーが持つスリルが皆無だからだ。

サッカーというのは、相手ゴールに対してどういった意図を持ってどういったプレーをするかに尽きるわけだが、意図がわからないので楽しみようがない。どうやってゴールを奪おうとしているのか、何も伝わってこない。もっとも重要なのはゴールを奪うことだというチームとしての意志が伝わってこない。

＊

しかし、サッカーに関するエッセイを書きはじめてから、ずっと同じことを言っている気がする。ただし、九八年のフランス大会では、W杯初出場ということで、選手たちは非常に謙虚だった。当時は、海外でプレーしている選手は誰もいなかった。中田英寿もまだベルマーレにいて、九七年末にマルセイユで行われた抽選会イベントのエキシビションでは、その名前も存在もまったく知られていなかった。選手たちもコーチもサポーターも「世界は遠い」と思っていた。結果三連敗で、帰国の際に水をかけられた選手もいたがワールドクラスとの距離を誰もが認めていた。

〇二年の日韓大会で、はじめて勝ち点をあげ、決勝トーナメントに進み、そのころから海外でプレーする選手も少しずつ増えた。世界は「近くなった」と感じられるようになった。だが、四年前のドイツで、日本はほとんど何もできないまま敗れ去ってしまう。ジーコのわけのわからない戦術によって、敗因や検討課題は曖昧になってしまった。しかし、W杯に三大会連続で出場したことで、世界との距離がさらに縮まったと、選手や協会、メディアやサポーターはそう感じた。

情緒的に言うと、確かに世界は遠いものではなくなったのかも知れない。だが、それは慣れが生じただけで、選手一人ひとりの能力が進化したわけでもないし、日本人監督・コーチの知識やスキルが上がったわけでもない。世界との距離が遠いとか縮まったという認識は、選手一人ひとりの能力がどのくらいアップし、代表がどの程度強くなったのかということとはまったく関係がない。

＊

岡田監督が、目標はベスト四だと宣言したとき、違和感を覚えた。たとえば森光子のヌードとか、あまり見たくない、恥ずかしく異様なものを見てしまったような感覚だ。そしてそれは、「最低でも県外」と宣言した鳩山前総理に感じたのと同じ違和感だった。岡田監督は、ベスト四という目標を達成できないとき、どのような形で責任を取るつもりなのだろうか。サッカー界から引退するのだろうか。ただし岡田監督がサッカー界から引退しても、何のインパクトもない。

ベスト四という目標は、偏差値五〇の予備校生が「おれの目標は東大医学部だ」と言うのに似ている。あまりにも現実を無視した目標であり、実現できなくて当たり前なので、達成できなくても責任の取りようがないし、失笑を買うだけで、誰も非難したりしない。目標は、達成するのが非常にむずかしいが、最大限の力を発揮できれば何とかなるというポイントに設定するべきだ。そのほうがプレッシャーが大きく、責任の所在がはっきりする。

　順当な目標は、予選突破、つまり決勝トーナメント進出だろう。ベスト四などを目指すべきではない。予選突破は、一般的に考えると不可能だ。オランダに勝つのはひょっとしたらブラジルに勝つよりむずかしい。身体が大きくてフィジカルに強く、パス回しにもドリブルにもスピードのあるオランダは、日本がもっとも苦手とするタイプの頂点にいるようなチームだ。

　デンマークに勝つのは、ひょっとしたらオランダに勝つよりむずかしいかも知れない。オランダは、ひょっとしたら日本のことをなめてかかって、墓穴を掘るという可能性が五パーセントくらいある。モチベーションが高いときのオランダは、どんな相手でも圧倒する力を持っている。二〇〇〇年の欧州選手権の準々決勝でオランダはユーゴスラビアを相手に六点も取って勝った。だが準決勝では一〇人になったイタリアに対し、ＰＫを二回も外した上に、一点も奪えずに負けた。

＊

唯一の希望は、カメルーンだ。カメルーン戦には、奇跡が起こる可能性がある。カメルーンは、オランダにもデンマークにも、ときにはブラジルにも勝てる攻撃力があるが、モチベーションが低いときにはディフェンスにミスが出やすい。双方がまともにぶつかれば、間違いなく日本は負ける。だが、カメルーンが、日本を甘く見て、やる気がないプレーをしてくれれば、可能性がある。そしてカメルーンに勝てれば、オランダとデンマークに対し引き分け狙いのゲームをすることが可能だ。

日本は、リードしていても、リードされていても、いつも同じプレーと戦術で戦う珍しいチームだ。フィールドプレーヤー全員で強引に点を取りに行くという戦いはできない。〇二年のトルコ戦の後半は、ゴールできなければここで終わりという試合だったが、最後の最後までまるで引き分け狙いのようなプレーをした。だから、引き分けでもいいという、異様にだらけた試合では、日本代表は意外な力を発揮するかも知れない。

日本代表のサッカーと、民主党政権の迷走には共通点がある。総攻撃が必要なときにも、引き分け狙いの戦いしかできない。現実離れした目標を設定して、結果的に責任回避を可能にするという点も似ている。

もし初戦のカメルーンに敗れたら、間違いなく三連敗が待っている。そうなったらサッカー人気はとりあえずどん底に沈むだろう。カメルーンが日本をなめてかからない限り、それは九九パーセント現実になる。民主党政権で経済が回復しなかったら、閉塞感は最大に達し、政治への信頼はどん底に沈む。そしてそれも九九パーセントの確率で現実化する。

スペインサッカーと参議院選挙

Sent: Monday, July 12, 2010 8:51 PM

南アのW杯と参議院選挙が終わった。日本代表は目標のベスト四には届かなかったが、大健闘を見せた。振り返ってみると、W杯のテレビ放送がはじまったのは、七四年の西ドイツ大会からで、しかも決勝だけのオンエアだった。当時わたしは大学生だったが、中古のモノクロテレビしか持っていなくて、決勝の西ドイツ対オランダを見るために、アパート近くの質屋から五万円でカラーテレビを買った。SONYのトリニトロンで、そのときのうれしさはまだ覚えている。

七四年の西ドイツのキャプテンはあのベッケンバウアーで、オランダはあのヨハン・クライフだった。オランダは、トータルフットボールと呼ばれるサッカーを展開し世界中の度肝を抜いた。ピッチ全体を使って速いパスを回し、ゴール中央への一本の縦パスから一気にシュートまで持って行く。そのスタイルと戦術は、クライフによってバルセロナに植えつけられ、やがてスペインサッカー全体に多大な影響を及ぼすことになる。

だから今回の決勝を、わたしは複雑な思いで見た。どちらも好きなチームなので、どちらかを応援するということはなかったし、どちらも優勝チームにふさわしいと思っていた。それに、まったく予想がつかなかった。オランダのセンターフォワードのファン・ペルシーがゴールを決めそうな気もしたし、スペインのF・トーレスが二年前のユーロに続いて決勝点を決めるような予感もあった。だが、ヒーローはその二人ではなく、またロッベンでもスナイデルでもセスクでもヴィジャでもなく、たたき上げで職人肌のプレーをするイニエスタだった。

サッカーでは、強いチームが勝つのではなく、勝ったチームが強いのだとよく言われるが、それを実証するようなすばらしいゲームだった。スペインは、パスサッカーの手本のような、子どもたちがサッカーというスポーツに憧れを持つような、サッカーにしかない感動をもたらすプレーを見せた。オランダは三度準優勝に甘んじたが、ストライカーのファン・ペルシーの不調が最後まで響いた。総合力でも戦術でもスペインが勝っていたと思う。

日本は、初戦のカメルーンに勝って何かをつかんだ。勝たなければ絶対にわからない全体のムードと個々のディテールのようなものを選手たちがつかむことができた。それが、デンマーク戦の勝利につながった。だが、パラグアイ戦は、もっと攻撃して欲しかった。ディフェンシブに戦うことでドイツW杯の二の舞を避けられたという意見もあるだろうが、もっと攻撃を仕掛けていればパラグアイには勝てたかも知れない。どうなっていたかは誰もわからない。カメルーンに勝って何かをつかんだわけだが、そういった収穫はパラグアイ戦に限ってはなかったと思う。試合後、ＰＫを外した駒野の肩を抱く松井の姿にはわたしも感動したが、それはサッカーの感動ではなく、人間ドラマとしての感動だった。

＊

参議院選挙は、民主党の大敗に終わったが、結果よりも日本の政党政治の限界が露わになったような気がした。非常に多くの若者たちが政治に関心がないように見える。そして膨大な無党派層がいる。選挙当日の主要新聞はそろって「投票に行こう、政治に参加し政治を変えよう」というニュアンスの社説を載せていたが、選挙に行こうにも、どの党に投票すれば自分たちの利益となるのか、若者だろうが、中高年だろうが、よくわからないのではないだろうか。政策で選ぶというより曖昧な好感度で選んでいるのが実情ではないかと思う。

たとえば年収二〇〇万の派遣労働者は、どの党に投票すれば自身の利益となるのだろうか。製造業への派遣の原則禁止を主張する共産党や社民党に票を入れればいいのだろうか。共産党に投票しても、共産党が政権を取る可能性はない。共産党が参議院で若干勢力を伸ばしても、時間給が上がるわけでもないし、リッチな休暇がもらえるわけでもないし、生活が変わるわけでもない。政治への無関心は、若者がダメだというより、現状では当然のことだと思う。仕事をすぐに辞める若者に、根性なしと言うのと同じだ。

バブル崩壊のあと、いろいろな党が「変化」を訴えた。自民党が変わらなければ日本は変わらない、という有名なキャッチフレーズで小泉元首相は政策を推し進め、多くの日本人が支持したが、変化は実感できなかったし、格差を生んだという批判にさらされることになった。昨年の総選挙で民主党が政権を取ったが、大多数の国民は変化を実感できなかった。事業仕分けは話題を呼んだが、無駄に使われている税金が有効に使われはじめているわけでもない。

都市部と地方、若年層と中高年層、富裕層と貧困層など、すでに日本社会は一枚岩ではない。中流層の没落もはじまっていて、国民の各層で利害が対立している。だが、具体的にどんな風に利害が対立しているのかが、なかなかわからない。

政党も、どの層の利益を代表しているのかは決して明らかにしようとしない。公明党が、支持母体である創価学会会員の利益を守る政策を進めるのは当然のことだが、絶対にそんなことは言わない。

共産党と社民党が労働者や貧困層の味方ということは何となくわかる。だが、他の主要政党がどの層の利益を代表しているのかはわからない。政策の違いもわからない。

だが、それは今にはじまったことではない。戦前から高度成長期まで、つまり近代化の過程では、工業化を強力に推し進める官僚&与党と、労働者の利益を代表する社会主義的な野党が対立していた。だが優先すべきは経済成長だと大多数の国民がわかっていたので、政権が交代することはなかった。旧社会党も政権を取るという強いモチベーションはなく、与党である自民党を牽制するという役割に甘んじていた。そのころも利害の対立はあったが、ちょうど今の中国のように経済が成長し、ほとんどすべての層で生活が向上したので、政権交代を求める人は少数だった。

＊

ベルリンの壁と旧ソ連が崩壊し、世界からイデオロギーの対立が消えて市場がひとつになった。それはグローバリズムという言葉で語られる。インターネットなどのＩＴ革命を含むものすごく大きな変化が起こった。そして、その変化に上手に適応して利益を上げている企業・個人と、適応できなくて脱落しようとしている企業・個人に分かれつつあり、税制などで両者の利害は対立する。

世界的な流れとしては、成功者を増やしてそのおこぼれを広く社会に還元して経済を成長させるという考え方と、まずセイフティネットを張って落ちこぼれを拾い上げ生産力と消費を高めて経済を成長させるという考え方に大きく分かれる。アメリカでは共和党が前者で、オバマの民主党が後者だ。イギリスでは保守党が前者で、労働党が後者となる。

菅総理の民主党政権は、「まずセイフティネットを」という政策だが、財源がない。工場や本社機能を外国に移すぞと経済界から脅されているので法人税を上げることはできないし、金持ちが海外に逃げ出し所得隠しも横行すると言われているので所得税も上げられない。それで結局、消費税率を上げて社会保障に充てると宣言したら、あっさりと選挙で負けた。

日本社会の各層の利害の対立を鮮明にすることがメディアの役割だと思うのだが、まったくそんな兆候は見られない。

涙の数だけ強くなれる？

Sent: Tuesday, August 10, 2010 6:05 PM

はまっているというほどではないが、韓流ドラマをよく見る。『半島を出よ』を書いているときは、北朝鮮との確執を描いた戦争物やスパイ物の劇場用映画をよく見たが、最近はおもにウィークデイの民放のＢＳでやっている連続ドラマを見ている。

最初に見たのは、もう三年ほど前で『がんばれ！クムスン』というドラマだった。ＢＳ日テレで昼一二時から月〜金枠で放送されていた。そのあとも同じ時間帯で放送されるドラマを、何となく見るようになったのだが、その中には『風の絵師』『太陽の女』『食客』など見応えのあるものも少なくなかった。

現在オンエアされているのは『君は僕の運命』という大昔のポール・アンカのヒット曲に似たタイトルの恋愛ドラマだ。最近の韓流ドラマの特徴なのか、韓国の伝統的な風物がかなりていねいに紹介されることが多い。『君は僕の運命』でも、結婚式の料理の仕出し屋が舞台として出てきて、伝統的な韓国の結婚式の料理や衣装やしきたりを見ることができる。主人公の二〇歳過ぎの女の子は、韓流ドラマでは定番に近い「孤児」という設定だが、とても良い子で、頑張り屋で、典型的な富裕層である姑にいびられまくるのだが決して反抗したりしない。

姑のいびりは半端ではなく、しかも止むことなく延々と続き、それがどれだけ理不尽でも決して口答えもせず謝り続ける主人公に対して、わたしはいつも苛立ちを覚えた。誤解から生じたトラブルが原因で叱られても、主人公は誤解を解こうと努力するより前にまず謝ってしまうので、わたしはいつもイライラした。この女はバカじゃないのかとなかなか感情移入ができなかった。『君は僕の運命』はおそらく四五分枠のドラマで、一七八話もあるが、とにかく姑は徹底的に主人公をいびりまくり、主人公はそれでも徹底的に尽くそうとするのだ。

どれだけいびられても決して口答えも反抗もせずただひたすら好きになってもらいたいと懸命の努力を続けるこの主人公のような女は、おそらく韓国ではすでに絶滅種になっているのだろう。韓国に限らずＴＶの大衆ドラマは、新しい世相を映すものと、すでに失われつつある人間関係や風物への憧憬を組み合わせて構成されることが多い。トレンディな職業やファッションや男女・家族関係が描かれるが、失われつつある慣習・風物や人間性なども合わせて紹介されるのである。

たぶん現在の韓国では、強烈な姑のいびりに無抵抗で従う若い女がほとんど絶滅種になっているのではないだろうか。また伝統的な結婚式の料理やしきたりなども都市部ではなくなりつつあるのかも知れない。大衆文化は、優先して安心感を提供するという性格を持つために、その社会で失われようとしているものを映すことがあり、またあるときは欠乏しているものを暗に示すこともある。

＊

大衆的な歌の歌詞も、時代によって変わる。わたしがびっくりしたのは、二〇年近く前、ラジオから流れてきた「涙の数だけ強くなれるよ」という歌い出しの歌を聞いたときだった。今の若者たちは生きるのが本当に辛いんだなと思った。学校や職場でいじめられたりいやなことがあって、恋人がいなかったり、ふられたり、別れたりしてよく泣くんだろうなと思った。そして涙の数だけ、つまり泣けば泣くほど人は強くなれるんだよというメッセージは非常に強烈だった。

J－POPというジャンルの音楽は年末の紅白歌合戦などで耳にするだけでほとんど聞くことがない。だが、「夢を捨ててはいけない、いつか必ず夢は叶う、長く暗い夜はいつも夜明けで終わることを忘れてはいけないよ」というような励ましの歌詞が多いんだなと思って、複雑な思いを持った。もちろん、そんな内容の歌の中にも「よくできた歌」と「ダメな歌」がある。だが共通しているのは、「自分にも周囲にもほとんど何もいいことはないし、これからもいいことは起きないだろうし、そんな状況を変えることもできないし、シリアスな悩みを相談できる人もいないし、喜びや悲しみを分かち合える友人も恋人もいないし、こんな状況はきっと半永久的に続くのだろうが、それでも集団自殺をしたり通り魔になって人を傷つけたりするのは良くないことだから止めようね」みたいなムードだ。

実際には、何度泣いても強くなんかなれない場合が多い。悲しいことや辛く苦しいことに泣いて耐えたとしても、決定的な契機は誰にでも平等に訪れるというわけではない。そもそもいったい何に対して努力すればいいのかもわからない。

人生の先輩である大人たちは「夢をあきらめるな」みたいなことを言うが、そもそも夢がどうのこうのと偉そうなことを言う大人たちは夢を持っているようには見えないし、だから信用できない。そんなことを言う大人たちに限ってつまらなそうに人生を送っていることが多いのだ。

だいたい夢などと言っているうちは、そのことを実現できない。松坂大輔投手は、大リーグに旅立つとき、夢が叶いましたねと聞かれて「メジャーは夢ではなく目標だった」と答えていた。夢は、持っていた方が元気になれるという程度のものだが、目標は絶対に実現させなければいけない現実だ。だが、そもそも何をしたらいいのか、何を目指せばいいのかわからない若者と大人だらけのこの社会で、目標を設定するのは簡単ではない。目標という言葉を使うと、泣く人が増えてしまうので、気持ちを萎えさせないように夢という曖昧な言葉を使うのである。

＊

昔の演歌や歌謡曲の歌詞にはとんでもなく暗いものがあった。さくらと一郎というデュオがいて、彼らのヒット曲に『昭和枯れすゝき』という歌があった。
「貧しさに負けた／いえ世間に負けた／この街も追われた／いっそきれいに死のうか／力の限り　生きたから／未練などないわ／花さえも咲かぬ／二人は枯れすゝき
踏まれても耐えた／そう傷つきながら／淋しさをかみしめ／夢を持とうと話した／幸せなんて　望まぬが／人並みでいたい／流れ星見つめ／二人は枯れすゝき」そんな歌詞だった。
この暗さはいったい何だろうか。貧しく、世間に負けて街を追われ、きれいに死にたいと思っていて人生に未練などない、夢を持とうと話したが果たせるわけがなく、幸せなど望まないが人並みでいたい、と歌っている。七〇年代半ばにこの曲は大ヒットしたが、不幸な人たちがシンパシーを感じて売れたわけではない。七〇年代半ばという時代は、高度成長がほぼ終わりを迎えて、ニクソンショックやオイルショックに襲われるが、今よりははるかに希望に充ちた時代だった。今よりは貧しかったが、希望はあった。

ただ、貧しかったからこそ、明日は、五年後、一〇年後はもっと生活が豊かになっているだろうという希望を持つことができたのだった。そしてそのようなダイナミックに上昇・拡大する経済のドライブ感に常に揺り動かされることで、少なくない人が疲労と違和感を感じていた。だから、『昭和枯れすゝき』のような異様に暗い歌は歓迎された。多くの人が実際に世間に絶望していたというわけではなく、単に面白がったのだ。

今は、とても面白がるような余裕がない。だから直接的に、「元気を出してね、あなたのことを大事に思ってくれる人がきっといるはずだからね、うつになっても治るからね、間違っても自殺なんかしないようにね、自殺サイトとかに立ち寄ってはダメだよ、いっしょに自殺しようって誘いに乗らないでね、通り魔とかもやったらダメだよ、必要ないのにナイフなんか買わないようにね、大事なのは夢だよ、夢を持ってね、夢だから実現しなくてもいいんだからね」というような歌が好まれるのである。

逃げ切りの中高年、犠牲になる若者たち

Sent: Thursday, September 09, 2010 1:28 AM

いつごろからだろうか、同年配の友人に対し「お子さんはどこに就職したんですか」「お子さんは今何をしているんですか」と聞くのがタブーのようになってしまった。

「あそこの息子はフリーターらしいから就職先のことなんか聞いたらダメだよ」「何もしないで家に引きこもっているみたいだから子どもさんが何をしているか質問したらダメだ」そんなムードがある。

今年卒業した学生だが、五人に一人が就職できなかったらしい。政府は雇用対策として卒業後三年の学生を採用する企業に対して奨励金を出すことにした。

「卒後三年間、新卒一括採用の門戸が開かれるような施策を緊急に講じる」

「保護者に対し中小企業への正社員就職の重要性を訴える啓発文書の送付などの働きかけを行う」

雇用対策には、そんな文言が書いてあるらしい。中小零細企業は大卒者を欲しがっているが、人気がない。大企業だけではなく、中小零細企業でも働く意欲を持たせることで雇用問題を解決しようと政府は考えているようだ。中小企業だけではなく、たとえば外食産業も人気がない。ラーメンや餃子の大手チェーンも大卒者の確保には苦労している。

就職先がまったくないわけではない。まったく仕事がないのだったら、これほど多くの外国人が働けるわけがない。リーマンショックのあと、派遣契約を打ち切られた人々が集まる「派遣村」が話題になった。ある水産加工会社の社長が、働き手が欲しくて派遣村に行き、うちで働かないかと誘ったところ、誰も応じなかったというニュースを見たことがある。水産加工業は魚を手作業でさばくので仕事は過酷だ。派遣村にいて仕事を探しているはずの人たちでも、そんな仕事はやりたくなかったらしい。

水産加工業の社長は派遣村にいる全員に声をかけたわけではないだろうから、派遣村の全員が仕事をえり好みしているというわけではない。また、わたしは、どんな仕事でもいいからえり好みせずに働くべきだと言いたいわけでもない。仕事がまったくないわけではない、という事実を指摘しているだけだ。

＊

高校あるいは大学卒業時に必ずどこかに就職しなければならないという法律を作ったらどうかという指摘もある。どこかに働き口を探して潜り込まなければならないと法で縛ってしまえば、人材は外食産業にも、中小零細企業にも、そして水産加工業にも自然に流れていくのかも知れない。わたしがインタビュアーをつとめる『カンブリア宮殿』というテレビ番組では、人材の確保に苦労する中小企業の経営者が多く登場した。『カンブリア宮殿』では基本的に利益を出している優良企業を取り上げるので、人材確保に苦労するのは業績が傾いているからではない。

たとえばある学生に、またその親に、「非常に業績のいい中小企業と再生できるかどうか微妙な日本航空とともに内定をもらったらどちらを選ぶか」と聞いてみると、「どうだろうか。案外日本航空と答えるほうが多いのではないだろうか。

寄らば大樹の陰というような考え方から抜け出せないからダメなのだというような批判も多いが、平均して大企業のほうが給料がいいし、昇給率も高いので、学生やその親たちの大企業志向が間違っているとは言えない。

『13歳のハローワーク』の新版で『13歳の進路』という別冊を作るとき、高校についても調べた。高卒者は、学卒者と比べてどのくらい不利なのかをウェブで調べたのだが、平均給与や昇給率、それに昇進においてもかなりの開きがあった。そして、驚いたのは、当の高卒者たちがそのことをよく知っているということだった。

「うちの会社では高卒は出世しても工場長止まり」

「同じ仕事をしても給料は二割も低い」

　そんな告白が並んでいた。若者たちも、その親も、いかに高卒者が不利かよくわかっているのだ。もちろん大企業の正社員が相対的に優遇されるのも広く知られている。

「いい学校、いい会社に入れば一生安泰という時代ではありません」とわたしは『13歳のハローワーク』で書いた。間違いではない。大企業の正社員でも今はほとんど給料が上がらないし、成果主義を押しつけられるし、中には過酷なサービス残業を強《し》いられるところもある。決して「安泰」などではない。だがそれでも、中小零細企業の社員よりも、また非正規社員よりも相対的に有利であることは確かだ。

＊

　わたしより三、四歳年上の、団塊の世代の友人たちが定年を迎えはじめている。あいつどうしてるんだろうな、と話題になることが増えた。わたしの仕事上の友人だからそのほとんどはマスコミ関係か編集者である。彼らは、たいてい優雅な定年後を迎えている。在職時の給料もよかったが、年金や退職金もそれなりで、郊外や田舎に移って好きな釣りをしたりして過ごしている人が多い。現役時代は無能でほとんど使えなかった人もいるが、そういう人も路頭に迷ったりしていない。もちろん彼らは正当な報酬を受け取っているわけだが、「うまく逃げ切った」と言い換えることもできる。

問題は、今の若者たちの多くが不公平感をつのらせていることだ。希望通りの就職ができて、生活も安定し、仕事にもやりがいを感じているという若者はいったい何パーセントくらいだろうか。二〇代後半で結婚して、子どもを作り新居を構えるのはほとんどの若い男にとってきわめてむずかしいことになっている。しかし、考えてみれば不思議な話だ。二〇代前半で仕事に就いて、二〇代後半で結婚し、子どもを作り、三〇代になって新居を構える、というのは贅沢でも何でもない。ごく普通のことだ。世界有数の経済大国である日本で、それが非常に困難になっている。

もちろん団塊の世代の中には、優れた能力があって立派な仕事をした人たちも大勢いる。だが、高度成長があり、少子高齢化もなく、中国をはじめ東アジアの安い労働力と競合しなくて済み、需要も今と違って旺盛だったという時代状況の違いだけで、世代間に生活の差ができてしまった社会では、恵まれない層に怨嗟が生まれる。

＊

上の世代に対し、尊敬ではなく、怨嗟を抱いている若者は少なくないだろう。若者の多くは無能だから職を得られないわけではなく、国際的な経済状況の変化の中で、犠牲になっている部分も確かにあるからだ。いったいどうすればいいのか、わたしにはわからない。目の前にいる個人だったら話は別だが、層としての若者に対してのアドバイスはできない。目の前の個人に対しても、専門的な技術やスキルを磨くほうが有利だ、くらいのことしか言えない。だがおそらく今の時代のほうが普通なのだろう。高度成長のころ、つまり巨大な需要があった時代のほうが、きっと異常なのだ。

現代の若者の多くは、世代の循環を意識するのがむずかしい。今の中高年たちも自分たちと同じような青春時代を過ごし、自分たちと同じような境遇で努力したと思うことができないからだ。高度成長、バブル、そして失われた二〇年を通して、世代間に深刻な断絶が生まれている。政治家もマスメディアもその断絶を語らない。だから、その断絶が解消される可能性はゼロだ。

枯れゆく欲望

Sent: Tuesday, October 12, 2010 12:49 AM

七年前、恋愛論・女性論のエッセイ集に、『自殺よりはSEX』というタイトルをつけた。わたしは自殺は非常によくないことだと思っているので、本当は『自殺よりは殺人』にしようかと考えたのだが、あまりに危ないタイトルなので、『SEX』としたのだった。エッセイのモチーフが微妙に変化したのはそのころからだ。たとえば合コン、昔は合コンする女に対し、さもしいことをするなと批判的で冷淡だった。

わたしはこれまで一度も合コンをしたことがない。とりあえず面が割れているから、過激な言動は控えなければならないし、何よりも初対面の女の集団を前にして何を話せばいいのかわからないから、興味がなかった。合コンで恋人や結婚相手を探すなんて、なんて寂しくてさもしいのだろうとずっと思っていて、今でも基本的にその考えは変わらない。だが、自殺を考えるような精神状態になるよりは、もし合コンで恋人が見つかったり、気分が晴れるのならそれも仕方がないと思うようになった。

美容整形もそうだ。顔などを手術でいじるのではなく、自信が生まれるように他の面で努力すべきだとずっとそう思ってきたし、基本的には今でもそう思っているが、容姿で対人関係がうまくいかず自信喪失状態となって心身の不調を抱え自殺を考えるよりは、美容整形のほうがいいのではないかと考えが変わった。水商売や風俗などに勤めるのはどうか。許されないことなのだろうか。死語になってしまった援助交際、それに主婦売春は、道徳的に許されないというより、病気や犯罪に巻き込まれるリスクもあるし、何よりも自分を安売りすることになるからよくない、というのが『ラブ&ポップ』という小説のテーマでもあった。だが、自殺よりはましだ。

ブランド信仰についても批判的だった。西ヨーロッパの主要な国では、若い女はヴィトンのバッグは持っていない、みたいなことをよくエッセイに書いたし、インタビューでもそう答えた。とくにイタリアやフランスでは、有名ではないがデザインも機能も優れているバッグメーカーがたくさんあるので若い女はヴィトンのような高級品を持つ必要がないのだとそんなことを書いていた。今でもその考えに変化はないが、ヴィトンのバッグを持つことで気分がよくなるのだったら、それもしょうがないと思うようになった。

＊

考え方がラディカルでなくなったわけではないし、歳を取って丸くなったわけでもない。より優先すべきことがあると気づいたからだ。日本ではこの数年間にうつ病患者が急増している。人口比での患者数はまだ世界で低いほうだが、急増しているのは事実だ。また自殺も増え続けている。自殺については、人口一〇万人あたりの比率でも先進国中最悪の数字となっている。うつ病になったり、自殺するよりは、ヴィトンのバッグを買ったり美容整形をしたり、合コンをしたり、援助交際や主婦売春をするほうがいいに決まっている。経済の衰退が長く続き、給与は低く抑えられたままで、未来は今よりもよくならないという予感が世の中全体を覆うような時代には、心身の病気にかからないとか、自殺を考えるような精神状態を作らないことが優先される。

うつ状態にならないためには「この先かなり大変な事態が続きそうだがまあ何とかなるだろう」と思うことが重要らしい。「何とかなるだろう」という開き直りというか、プラス思考というか、楽観が大切だと友人の精神科医に聞いたが簡単ではない。何とかなるだろうと思えるためには、過去に「何とかなった」という経験がなければならない。考えてみると、今生きている人はみんな結局は死ぬことなくこれまで何とかサバイバルすることができているわけだが、死なないというだけでは足りないのかも知れない。

＊

近所に成城石井というスーパーの支店があって、よく買い物に行く。酒類も洋酒からワイン、日本酒まで充実していて、輸入食材も豊富だ。先日、レジに並んでいると、日本酒の「越乃景虎」の一升瓶を、まるで赤ん坊を抱くように大事に抱えたおじいさんを見つけた。服や靴から判断すると、富裕層には見えなかった。目が合ったので、「それ、おいしいですよね」と言うように微笑みながらうなずくと、おじいさんはうれしそうな表情になり、いたずらっぽく笑った。よく見ると、右手にはからすみをつかんでいて、今晩これをつまみに「景虎」を飲むぞと思ってわくわくしているんだろうなと、わたしまでいい気分になった。

八〇歳を優に超えていそうなおじいさんで、その歳で日本酒を味わえるのだからきっとある程度は健康なのだろう。たとえば血糖値が気になる人だったら日本酒はあきらめなければならない。当たり前のことだがおじいさんはきっと日本酒が大好きで、そのことを自覚している。つまり自分が日本酒が好きだということを知っているのだ。そのおじいさんは、「景虎」を買うために年金をこつこつと貯めたのかも知れないし、あるいはアルバイトをしたのかも知れない。

からすみを肴にして「景虎」を飲むのは、きっとささやかな楽しみなのだろう。そのおじいさんを見ていい気分になったのは、最近そういう人をあまり見ないからだ。自らの欲望を肯定し、それが現実になることでわくわくしている人をほとんど見なくなった。たとえばホテルのバーにはそういった人はあまりいない。

わくわくすることが減っているのだろうか。心がわくわくするような、子どものころの遠足の前夜のような興奮の前提が失われつつあるのかも知れない。何かが楽しみでわくわくするために必要なのは、欲望だ。日本社会から欲望そのものが失われつつあるような気がする。ぼくはこれがどうしてもやりたいんです、というような若者にもう何年も会っていない。ただし欲望や欲求は他人に軽々しく公言すると薄まってしまう。だがスーパーで会ったおじいさんにしても「実はわたしはからすみを肴に日本酒を飲むのが何より好きなんです」と公言したわけではない。欲望や欲求は、その人の行動や佇まいからにじみ出るものなのだ。会話として聞こえてくるものではないし、まして駅前で拡声器で不特定多数に向かって叫んで訴えるものではない。「わたしはみなさんを幸福にするために一所懸命がんばります」と叫ぶ政治家に個人としての欲望を感じられるわけがない。票が欲しいので、責任も取れないことをただ大声で叫んでいるだけだ。

欲望はどうして消えつつあるのだろうか。経済が停滞しているからだろうか。社会が成熟して、欠乏や餓えがなくなっているからだろうか。だが、あらゆるものが欠乏しているはずのホームレスに欲望を感じることはない。欲望でぎらぎらしているホームレスなど想像できない。ホームレスから感じるのはあきらめだ。

勘違いしないで欲しいが、無能とか怠惰であるとかホームレスを批判しているわけではない。彼らの多くが事情を抱えていることは承知している。どういう理由なのかはわからないが、社会の全域で欲望が否定され、枯渇してしまっているような印象を受ける。復活するとも思えない。社会と個人の欲望が枯渇していく、それはゆっくりと衰退する国家の特徴なのかも知れない。

二一世紀のビートルズ

Sent: Thursday, October 14, 2010 4:06 PM

〇九年の総選挙後、「ニューヨークタイムズ」（二〇〇九年九月七日）に寄稿したエッセイを紹介する。担当編集者とメールでやりとりしながら何度か部分的に書き直した。「この部分は不要かも知れない」「この部分は非常に興味深いので具体例を含めて加筆してもらえないだろうか」そういったリクエストがあり、面倒くさいな、ポール・クルーグマン教授もこうやって書き直しているのかななどと思いつつ、加筆したり削ったりした。日本の新聞ではそういったことはほとんどない。

ここで紹介するのは、加筆訂正を繰り返している途中の「草稿」である。何度か加筆訂正し、英訳にも手を入れたので、日本語の完成原稿と言えるものが存在しない。

＊＊＊

依然憂うつさが残る政権交代

民主党政権が、もうすぐ誕生する。新政権が生まれると、日本の大手既成メディアは必ず「新政権に何を望むか」というようなことを街頭で人々に聞く。人々も、差し出されたマイクロフォンに向かって、無邪気に「景気を良くして欲しい」「社会保障を充実させて欲しい」「失業を解決して欲しい」などと答える。だが、人々は憂うつそうな表情を変えていない。画期的な政権交代が行われるからといって、現在の日本社会に、ポジティブで明るいムードが充ちているとはとても言えない。

その理由は、おもに経済問題において、有効な政策を打ち出すための資金が決定的に不足していることに、やっと気づいたからだ。自民党が大敗を喫したのも、日本の財政が破綻寸前で、高度成長期やバブル期前後のような、経済的果実を国民全員へ分け与えることができなくなったことが、最大の原因である。これまで自民党政権は、長期間にわたって、増え続ける税収を、単純に地元に配分することで、農業や建設業、それに中小企業経営者など地方の選挙民の支持を得てきた。

戦後の驚異的な高度成長は国民の生活をほぼ一律に向上させたから、予算の再配分が、ゼロサムではない時代が長く続いた。あるときから、政治家は、力関係と根回しによって公共事業を地元に持ってくることが主要な仕事になった。考えてみればこんなに楽な仕事はない。だから日本の政治家たちは、好んで息子や娘にあとを継がせるのだ。

自民党は驚くべきことに、国内的にはバブル経済が崩壊し、国際的には冷戦が終了して情報通信の革命が起こり、世界全域をほぼカバーする市場が誕生したあとでも、国民全体への再配分政策を変えようとしなかった。そのような、旧態依然として非効率な政策の大転換に挑戦したのが、小泉純一郎元総理だった。著名なエコノミストだった竹中平蔵とコンビを組んで、官僚より市場を重視する経済合理性を導入しようとした。二人は市場原理主義者ではなかったが、「ばらまき」と呼ばれる再配分政策はとっくに破綻していることだけははっきりと知っていたのである。

経済的新自由主義に基づいた合理性に、当時の国民は喝采を送った。それまでの官僚の支配に挑戦し、「小さな政府」を目指すと公言し、郵政事業や高速道路事業などの民営化を推し進める小泉と竹中は、当時ヒーローとなった。その成果が、自分たちの生活を良くしてくれるものだと信じられていたからだ。国民の大多数と大手既成メディアは、新自由主義によって予算配分がゼロサムとなり、社会的弱者への公的な救済の規模が小さくなり、競争に敗れた人が大勢生まれることに気づいていなかった。「小さな政府」特有の社会保障費の削減が具体的にどういう結果を生むか、わからなかったのである。

小泉と竹中の改革のあと、トヨタやパナソニックなど輸出品を製造する大企業は、わが世の春を迎え、巨額の利益を上げたが、労働者の給料はまったく上がらなかった。ゆっくりと、人々は、「小さな政府」は自分たちを幸福にしてはくれないのだと気づきはじめた。そして、小泉はやがてヒーローの座から滑り落ちる。すべては小泉&竹中の「小さな政府」が悪いのだという大合唱が起こった。自民党は、小泉&竹中を悪者にすることによって、生き残ろうとしたが、もう遅かったし、他の政策の選択肢を示すことができなかった。

その隙を突く形で、民主党の小沢一郎は、国民の生活最優先というスローガンを打ち出し、「大きな政府」への回帰を訴えて、参議院選挙や地方選挙に勝ち続けた。そして、その流れは今回の総選挙の民主党の大勝利まで続く。しかし、たとえ政権が変わっても、これで生活がよくなると無邪気に喜ぶほど、日本国民はバカではない。わたしたちは、やっと憂うつな真実に気づきつつあるのだ。日本人のある層が利益を得ても、ある層は放っておかれる。ある街に道路を造れば、病院の建設はあきらめなければならない。すべてがうまくいき、すべての人の生活が向上していく時代はとっくの昔に終わっている。

民主党政権が誕生しても、日本国民は、そのような憂うつさから抜け出ることができない。ただし、それは、堕落でも退廃でもない。無知で無邪気だった日本人と社会が、世界基準に目覚めようとしているのだ。子どもが大人になるとき誰でも感じる憂うつさを、わたしたちは今味わっているのである。

＊＊＊

最後のパラグラフは、海外メディアへの寄稿ということで、あえて書き足した。海外メディアに対しては、日本の内情をポジティブに伝えることにしている。たとえば、「日本はバブル崩壊の後遺症から脱し切れていないように見えるが、だいじょうぶなのか」と聞かれたら、即座にだいじょうぶだと答える。「日本は近代化と高度成長の成功体験にいまだ縛られていて、なかなか変化に対応できず、混乱期にあるが、いずれ新しいステージに適応し、生まれ変わるので心配ない。とくに海外から心配される必要はない」

というような感じで答えるのだが、それは外国に対して日本の批判をしたくないという思いがあるからだ。外に向かって家族の悪口を絶対に言いたくないのと同じだ。本当は「日本はきっとこのままゆっくりと衰退していくんだろうな」と思っている。よい兆しはどこにもない。

昨年の総選挙後に盛り上がった民主党政権への期待だが、わたしの予想通りあっという間に消滅した。マニフェストを実行するだけの財源もなかったし、普天間基地移設では信じられないような迷走が続いて、政治資金収支報告書の虚偽記載で小沢一郎に捜査の手が伸び、国民の多くは深い失望を味わった。事業仕分けなど派手なパフォーマンスはあったし、「コンクリートから人へ」というスローガンにはある程度の説得力もあったのだが、悲しいことに、「人へ」何かいいことを施すだけの資金も足りず、政治主導というポリシーも空しく響くだけだった。

近日中に、イギリスの主要経済メディアの取材を受ける予定がある。きっとまた、「経済でも対中国など外交でも、日本は息も絶え絶えに見えるがだいじょうぶなのか」と聞かれるだろう。即座に「だいじょうぶだ、心配には及ばない」と答えるつもりだが、根拠を示すのに苦労するかも知れない。「武士道精神でがんばる」とか精神論を説くわけにはいかない。そんなつもりはないし、そんなことをしたら海外メディアからは笑われてしまう。具体的な展望を示さなければならないが、現状ではきわめてむずかしい。

「日本は、全体としてはひょっとしたらゆっくりと衰退していくかも知れないが、優れた個人が多数現れているので、文化や科学技術やスポーツなど具体的な分野でめざましい成果を上げるだろう。現に、あなたの国でも、覇権をアメリカに譲り、政治経済の疲弊が頂点に達したころ、ビートルズが出現したではないか」

そんなことを言うつもりだ。

二〇一〇年一〇月　横浜　村上龍

解説――「死人」は生き返るのか？

古市憲寿

１９７６年。今から、38年前のことだ。

24歳だった村上龍さんは『限りなく透明に近いブルー』を発表した。まだ「若者」だった村上さんが描いたのは、基地の街を舞台にした「若者」たちのけだるくて暴力的な群像劇だった。

『太陽の季節』や『なんとなく、クリスタル』『蹴りたい背中』など、日本で爆発的な売れ方をした文学作品にはある共通点がある。魅力ある若者が書いたイマドキの若者たちの物語という点だ。『限りなく透明に近いブルー』は芥川賞を受賞、さらに単行本だけで131万部の売上を記録し、村上さん自身が一躍時の人となった。しかも小説家としてはもとより、映画監督や、テレビ番組の司会者としても幅広い活動をし、世間の注目を集めた。

本書『逃げる中高年、欲望のない若者たち』は、村上さんが1984年から連載を開始したエッセイ「すべての男は消耗品である。」シリーズの中の一冊で、2009年から2010年にかけて書かれたものだ。

連載開始時、村上さんはまだ32歳だった。一人称は「オレ」だったし、「いろんな女がいる。ブスは論外だ」「女はアホでいて欲しい」「どうしようもなく、年寄りは醜いのだ」といった今なら炎上必至の暴言ばかりを吐いていた。エッセイの内容も、豊富な経験に基づいていたのだろう女性論や、「オレってこんなすごいんだぜ」という自慢（にしか思えない身辺雑記）が圧倒的に多かった。

そんな村上さんも、今や還暦を迎えた。男女の話は影を潜め、エッセイも経済論や現代社会論が多くなった。一人称もいつしか「オレ」から「私」になっていた。

そして若者論が増えた。若者として注目を浴び、40年近くも時代の一線を生きてきた村上さんは、いったいどのように現代の若者たちを見ているのだろうか？

若者たちの欲望は退化してしまった、政治離れが進んでいる、車にも女にも海外旅行にも興味を示さない。世代として見たら若者たちは明らかに搾取されているのに、彼らは怒りを押しつぶされ、全く抗議行動をしない。そんなこの国では、不安と閉塞感ばかりが蔓延《まんえん》していくだろう――。

本書の主張を無理やり切り取れば、こうした凡庸にも思える若者論が展開されている。実際、この本の内容紹介にはそうしたことが書かれるのだろう（少なくとも単行本のときはそうだった）。

しかしこの本のキモはそこではない。村上さんの、あきれるくらい冷静な現状分析と、子どものような鋭さや無邪気さを持つ正論こそが本書の醍醐味であると思う。

村上さんは、若者たちを一方的に糾弾することはしない。ただ、仕方ないと考える。日本が近代化に躍進していた時代は、もう終わってしまった。誰もが同じようなものを欲しがる時代はもう訪れない。

しかも今やユニクロで買った服を着て、マクドナルドやサイゼイヤで食事をして、ヤマダ電機で買った薄型テレビとパソコンで遊んでいれば、それほどお金をかけずに楽しく暮らしていくことができる。村上さんはそれを「そういった生活はおそらく私が学生だったころより数百倍快適だろう」とも評価する。同感である。

だから当然、昔のほうが良かったみたいなことも言わない。生活環境は劣悪で不潔。乳児や幼児の死亡率は高く、夏休みが終わると日本脳炎で平均二人くらいが亡くなっていたという。村上さんが子どもだった時代は、無知や貧困や差別が色濃く残る時代だったのだ。映画『ALWAYS　三丁目の夕日』で描かれた昭和30年代が、いかに一面的なノスタルジーだったかがわかる。

多くの悲観論者が吹聴するのとは違い、少なくとも現時点において日本は世界に類を見ない豊かな国だ。たとえばPEWリサーチセンターの国際調査によれば、日本では「貧しさのために生活必需品が買えなかった経験」をした人の割合が、世界的に見て非常に低い。

2013年の調査では、メキシコでは53％、アメリカでは24％、イギリスでも15％の人が、過去一年で、貧しくて食料が買えなかったことがあると答えているが、日本でその割合はわずか2％だった。衣服が買えなかったり、医療が受けられなかった人の割合も、諸外国と比較してダントツで低い。

だが同時に村上さんは、現代という時代をただ肯定し、若者たちを賛美するわけでもない。むしろ、大いなる心配をしているように見える。

日本で若者たちは、ほとんど職業訓練をせずに社会に放り出される。しかし、昭和時代と違ってもはや企業側には、十分に彼らを教育する余裕はない。このままでは、社会階層の固定化はますます進み、この国からは労働力だけではなく、活力も奪われてしまうかも知れない。

村上さんからすれば、若者たちは「死人」のように見える。暴力や差別やケンカや戦争が嫌いなのはいいが、好奇心は弱体化している。

ではどうしたらいいのか？　村上さんはこうした状況を前にしても冷静だ。社会を変えようと暑苦しい扇動をするわけでもないし、上から目線でアドバイスをするわけでもない。驚くほど何でもそろった国では「死人」として生きるのも仕方ないと言うのだ。

本書と同じく欲望をテーマにしたエッセイに、林真理子さんの『野心のすすめ』がある。林さんと対比させると、村上さんの立場がよくわかる。

屈辱感を野心に変え、何とか「一流」になろうとしきてきた林さん。ベストセラー作家になり、直木賞を受賞し、努力して「美女」にもなった。そんな林さんからすると、イマドキの若者たちには、あまりにも野心がないように見えるらしい。

そこで林さんは、「野心」と「努力」を全面的に肯定し、「高望み」を読者にも勧める。「野心という山を登ろうとする心の持ちようで、人生は必ず大きく変わってくる」「でっかい幸福が待っている」「さあ、山に登ろう！」というのが林さんのメッセージだ。

一方で、村上さんが本書で発するサバイバル・メッセージは、「成功を考えてはいけない。考えるべきは、死なずに生き残るための方法である」。とても暗くて、とても現実的だ。若者たちの欲望が減退しているという問題意識は似ているのに、二人のメッセージはなんとここまで違う。

自分ではたくさんの「成功」を手にしてきた村上さんだから、「成功のノウハウ」を開陳しても、それなりに説得力のある議論になるだろう。だけど、村上さんは、そんなことをしない。

なぜなら、国際経済や時代の変化などマクロな状況を考えると、日本や若者の未来が明るいとは思えないし、ましてや若者たちに画一的なアドバイスなんてできないと考えるからだ。

冷たいようだが、非常に真摯《しんし》である。村上さんが「成功」を手にしたのは、ある意味で特殊な時代だった。高度成長は終わっていたが、安定成長期は続いており、さらにバブルというお祭りがあった。経済バブル崩壊後も、出版やエンターテインメント業界に限っていえば90年代まで好景気が続いていた。

そんな時代がもう再びは訪れないことを、村上さんは知っている。だから、安易なエールを読者に送ったりはしない。

だけどそのぶん、この本には挑発がある。

村上さんは、決して若者たちを一方的に批判しない代わりに、肯定もしない。ただ、劇的に変わってしまったこの国の現在と未来を、クリアに描写してみせる。ストレートな言葉で描かれるこの国の現実は、読む人にとってはショックだろう。

初期の「すべての男は消耗品である。」に比べれば言葉は丁寧になったし、あからさまな差別も自慢もない。だけど変わっていないところは、変わっていない。村上さんは、常に何かにイライラしている。だけど、自分の考えをパターナリスティックに押しつけたりはしない。だから、挑発をする。

村上さんは、かつて村上春樹さんとの対談で、『限りなく透明に近いブルー』を書き始めた時の気持ちを以下のように語っている。

「自分では傲慢にも、シラケきった、すべてが祭りのあとみたいな感じを、おれの小説は、きっと吹っ飛ばすんじゃないか、って気持で書いたんですよ」

考えてみれば、『限りなく透明に近いブルー』が発表されたのは、「政治の季節」が終わったシラケの時代だった。多くの社会学者たちは高度成長がオイルショックによって頓挫した1973年で、近代化の第一段階は終わったと見る。それからは、後期近代と呼ばれる時代が続いている。人生の正解は一つではなくなり、誰もが終わりなき自分探しをしなくてはならない時代。社会が成熟し、人々が政治や外交に関心を失い、私生活の充実を追求する時代。そんな、のんべんだらりとした時代の始まりに、村上さんはデビューした。

バブルという例外はあったが、豊かで、平和で、シラケた時代は、もうすでに約40年続いている。その間、世間を挑発するという意味において、村上さんの立ち位置は一貫してきたのではないかと思う。

暴力、セックス、政治シミュレーションなどあらゆる手を使って、社会を挑発してきた。挑発とは、形を変えた鼓舞でもある。

本書には、このシラケた国で、シラケきらずに生きるためのヒントが溢《あふ》れている。冷徹で、時に皮肉的な社会分析は、ショック療法のように読者に影響を与える。この本を読んで生き返る「死人」は果たしてどれくらいいるだろう。

——社会学者

この作品は二〇一〇年十一月KKベストセラーズより刊行されたものです。
JASRAC 出 1013286-001

幻冬舎文庫

●好評既刊
55歳からのハローライフ
村上　龍

離婚したものの、経済的困難から結婚相談所で男たちに出会う女……。みんな溜め息をついて生きている。人生をやり直したい人々に寄り添う「再出発」の物語。感動を巻き起こしたベストセラー！

●最新刊
セカンドステージ
五十嵐貴久

疲れてるママ向けにマッサージと家事代行をする会社を起業した専業主婦の杏子。従業員はお年寄り限定。ママ達の問題に首を突っ込む老人達に右往左往の杏子だが、実は彼女の家庭も……。

●最新刊
給食のおにいさん　卒業
遠藤彩見

「自分の店をもつ！」という夢に向かって歩き始めた宗だったが、空気の読めない新入職員の出現で調理場の雰囲気は最悪に……。給食のおにいさんは、調理場の大ピンチを救うことができるのか。

●最新刊
もぎりよ今夜も有難う
片桐はいり

「映画館の出身です！」と自らの出自を述べる俳優が、映画が活況だった頃の思い出や、旅先の映画館での温かいエピソードをユーモアとペーソスを交えて綴る、懐かしくほろ苦いエッセイ。

●最新刊
わりなき恋
岸　惠子

パリ行きのファーストクラスで隣り合わせ、やがて惹かれ合う仲となった六十九歳の伊奈笙子と五十八歳の九鬼兼太。成熟した男女の愛と性を鮮烈に描き、大反響を巻き起こした衝撃の恋愛小説。

幻冬舎文庫

●最新刊
アヒルキラー
新米刑事赤羽健吾の絶体絶命
木下半太

2009年「アヒルキラー」、1952年「家鴨魔人」。美女の死体の横に「アヒル」を残した2つの未解決殺人事件。時を超えて交差する謎に、喧嘩バカの新米刑事と、頭脳派モーレツ女刑事が挑む。

●最新刊
絢爛《けんらん》たる醜聞 岸信介伝
工藤美代子

39歳で満州経営に乗り出し、59歳で保守合同後初の自民党幹事長、翌年首相に就任、60年安保改定を闘った。口癖は、金は濾過して使え。情と合理性としたたかさを備えた傑物を描くノンフィクション。

●最新刊
（日本人）
橘　玲

これまでの日本人論で「日本人の特殊性」といわれてきたことは、ほとんどが人間の本性にすぎない。世界を覆い尽くすグローバリズムの中でも、日本人とは群を抜いて合理的な民族なのだ。

●最新刊
ヒートアップ
中山七里

七尾究一郎は、おとり捜査も許されている優秀な麻薬取締官。だがある日、殺人事件に使われた鉄パイプから、七尾の指紋が検出された……。七尾は窮地を脱せるのか!?　興奮必至の麻取ミステリ！

●最新刊
ドS刑事
三つ子の魂百まで殺人事件
七尾与史

東京・立川で「スイーツ食べ過ぎ殺人事件」が発生。捜査が進むにつれ、〝姫様〟こと黒井マヤ刑事は心の奥底に眠っていた少女時代の「ある惨劇」の記憶を思い出す。ドSの意外なルーツとは？

幻冬舎文庫

●最新刊
わたしは、なぜタダで70日間世界一周できたのか?
はあちゅう(伊藤春香)

普通の女子大生が卒業旅行で世界一周を企画。でも貯金がない。なら得意なブログで企業に支援してもらっちゃえ! 無謀な思いつきが怒濤の始動。彼女を待ち受けていた歓喜とピンチと涙の記録。

●最新刊
帰宅部ボーイズ
はらだみずき

まっすぐ家に帰って何が悪い! 喧嘩、初恋、友情、そして別れ……。オレたち帰宅部にだって、汗と涙の青春はあるのだ。「10年に一冊の傑作青春小説」と評された、はみだし者達の物語。

●最新刊
ちゃんとキレイにヤセたくて。
細川貂々

40歳目前にマイナス12キロのダイエットに成功! なのに、カラダはぶよぶよのまま。そこで取り組んだ、筋トレと食事改善。何歳からでも効果は出る! 説得力抜群のダイエットコミックエッセイ。

●最新刊
不思議プロダクション
堀川アサコ

弱小芸能事務所のものまね芸人・シロクマ大福、25歳。将来への不安と迷いを抱える彼のもとには、芸人の仕事はないのに不可思議な事件ばかりがきて……。ほっこりじんわりエンタメミステリ。

●最新刊
ダンス・ウィズ・ドラゴン
村山由佳

地獄だっていい、ふたりでいられるなら——。井の頭公園の奥深く潜む、夜にしか開かない図書館。龍を祀る旧家に育った〝兄妹〟が、時を経て再会した時、人々の運命が動き出す。官能長篇。

幻冬舎文庫

●最新刊
虎がにじんだ夕暮れ
山田隆道

赤ラークとダルマウイスキーを愛しタイガース一筋のじいちゃんが僕を誘惑した。「学校なんかさぼってまえ。東京行くぞ」。虎バカじじいと過ごした、かけがえのない18年間を描く珠玉の家族小説。

●最新刊
綺麗なひとは、やめている。
楊さちこ

美しくなりたければ、何か一つ、無意識に行っている習慣をやめなさい。ファンデーション、化粧水、シャンプー、スイーツ、牛肉、コーヒー……。一〇〇日間断つことからはじめる、美容思考術。

●最新刊
太陽は動かない
吉田修一

金、性愛、名誉、幸福……狂おしいまでの「生命の欲求」に喘ぐ、しなやかで艶やかな男女たち。息詰まる情報戦の末に、巨万の富を得るのは誰か？　産業スパイ「鷹野一彦」シリーズ第一弾。

●最新刊
瓦礫の中の幸福論
わたしが体験した戦後
渡辺淳一

「敗戦」という絶望の淵から、劇的な復興と高度経済成長を成し遂げた日本。その様子をつぶさに見ていた著者が、喜怒哀楽に満ちた秘蔵のエピソードを交えてつづる再起の知恵。渡辺流人生論。

●好評既刊
わたし、少しだけ神さまとお話できるんです。
井内由佳

二十年にわたり、一万人以上の相談者に神さまの詞を伝え、しあわせへと導いてきた著者による、ほんとうにしあわせになるための考え方とは？　人生に悩んだあなたの、輝きを取り戻す一冊！

幻冬舎文庫

●好評既刊

実録！　熱血ケースワーカー物語

碇井伸吾

車の〝当たり屋〟として保険会社から金を取りながら、生活保護費の不正受給をもくろむ覚醒剤常習者との対決。関西の福祉事務所で、生活保護受給担当を十三年間務めた熱血ケースワーカーの記録。

●好評既刊

告発者

江上　剛

合併後の深刻な派閥抗争が続くメガバンクの広報部員・裕也。ある日、写真週刊誌が頭取のスキャンダルを摑んだとの情報をキャッチし、裏どりに走る彼を待ち受けていたのは思わぬ事態だった。

●好評既刊

孤高のメス

遥かなる峰

大鐘稔彦

練達の外科医・当麻のもとに難しい患者たちが次次と訪れる。ある日、やせ衰えた患者の姿に驚愕する当麻。かつての同僚看護婦、江森京子だった——。胸熱くなる命のドラマ、シリーズ最新刊。

●好評既刊

世界中で食べてみた危険な食事

谷本真由美　@May_Roma

中国禁断の刺身、肉アイス、宇宙人色のゼリー……。旧ソ連からチュニジアまで、旅した国の滅茶苦茶な食を綴った爆笑の食べ歩き一部始終。鋭い語り口で多くのファンを持つ著者の名エッセイ！

●好評既刊

ペンギン鉄道　なくしもの係

名取佐和子

電車での忘れ物を保管する遺失物保管所、通称・なくしもの係。そこを訪れた人は落し物だけではなく、忘れかけていた大事な気持ちを発見する……。生きる意味を気づかせてくれる癒し小説。

逃《に》げる中高《ちゅうこう》年《ねん》、欲望《よくぼう》のない若者《わかもの》たち

村上龍《むらかみりゅう》

平成26年8月5日　初版発行

発行人――石原正康
編集人――永島賞二
発行所――株式会社幻冬舎
〒151-0051東京都渋谷区千駄ヶ谷4-9-7
電話　03(5411)6222(営業)
　　　03(5411)6211(編集)
　　　振替00120-8-767643
印刷・製本―中央精版印刷株式会社
装丁者――高橋雅之

幻冬舎文庫

ISBN978-4-344-42241-4　C0195　む-1-35